WINTE

Lieve Patrick

Omarm de hoofdfiguren en geef hen daarmee een hartslag

Van Lex Paleaux bij In de Knipscheer

Winterwater, *roman*, 2020
Het leven is een circus, *roman in columns*, 2020
Vlo, *roman*, 2022

Lex Paleaux

WINTERWATER

IN DE KNIPSCHEER

Winterwater

Fotografie en vormgeving omslag Bijsterbosch & Jacobs
Foto auteur Rogier Reker
Vormgeving Anders Kilian
Eerste uitgave februari 2020
Tweede druk februari 2020
Derde druk juli 2020
Vierde druk december 2022
In de Knipscheer, Postbus 6107, 2001 HC Haarlem
INDEKNIPSCHEER@PLANET.NL
WWW.INDEKNIPSCHEER.COM

ISBN 978 90 6265 792 6 NUR 301

Voor de onzichtbare, onhoorbare, maar onmisbare.

Dat dorp van toen, het is voorbij
Dit is al wat er bleef voor mij
Een ansicht en herinneringen

Uit: 'Het dorp', Friso Wiegersma

INHOUD

1 Heiden 11
2 Bommel 23
3 Schapenwol brandt niet 33
4 Spijkers met koppen slaan 41
5 Van roken krijg je bultjes 49
6 Hongerwinter 57
7 Fruittella 67
8 Held op sokken 79
9 Aardappelcroquetten 93
10 God straft onmiddellijk 109
11 Dokter Metselaar 123
12 Wilhelmina 131
13 Slaapliedje 139
14 Jeanne Kooijmans en Peter van Bruggen 151
15 Mijn vleugels spreiden 159
16 Meneer Grit 169
17 De grote verbouwing 179
18 Hieperdepiep...? 191
19 Scheer je weg 199
20 Mijn kamer was klein 209
21 Ik ga slapen 217

1
HEIDEN

Voor het eerst in jaren is het gezicht ontspannen, vredig bijna. Het badwater, roodbruin van kleur, steekt schril af tegen het krijtwit dat de dood als een getekend masker op het gezicht heeft achtergelaten. Een hand, liggend op de rand van de badkuip, oogt ontspannen en lijkt een laatste toenadering tot het leven te willen maken. De plas bloed die langzaam over de witte tegelvloer stroomt, is een stille getuige van deze moord. De ogen zijn gericht naar de plek waar vroeger, toen het nog mijn slaapkamer was, een poster van een torenvalk hing. Nu is het de badkamer, die als laatste rustplaats dient.

Mijn kamer was klein: twee meter zeventig bij twee meter veertig.

Ik denk dat veel mensen de ruimte met de schuine wanden gezellig zouden hebben gevonden, als kind vond ik het maar krap, met te weinig ruimte voor mijn spullen. Een klein ledikant, bedekt met twee onderlakens en een wollen deken hielden mij 's nachts warm.

Een houten stoel met een gevlochten zitting en rugleuning gebruikte ik als nachtkastje. Omdat er geen ruimte was voor een kast, vonden de kinderbijbel en zeven *Suske en Wiske*-stripboeken daar hun vaste plek. Het vlechtwerk van de rugleuning was beschadigd. Ik moest oppassen dat de scherpe rand van de kinderbijbel niet te veel tegen het vlechtwerk duwde, zodat de rugleuning niet nog meer zou scheuren. Boven op de Bijbel stond een wekkerradio, die mij in de ochtend wakker maakte en 's nachts vertelde hoe lang ik nog mocht slapen. Naast mijn slaapkamerdeur stond een klein bureau, waar ik aan kon tekenen en spelen. Wel moest ik dan van mijn 'nachtkastje' weer een stoel maken. Soms, als ik stout was geweest, at ik er mijn avondeten. Bij mijn broers was het heel anders; zij hadden ruime slaapkamers met een eigen wastafel en spiegel. Tientallen stickers gaven de tegels rondom de wastafel kleur en iets om naar te kijken als ze hun tanden aan het poetsen waren. Ze hadden allebei een groot bureau, en een stoel waar je tegenaan kon leunen, zonder dat je het vlechtwerk beschadigde. En dan hadden ze ook nog hun eigen grote kast om kleding en spulletjes op te bergen.

Als mijn broers niet op hun kamers waren, keek ik wel eens stiekem om het hoekje van de deur. Naar binnen gaan deed ik niet. Als jongste kind uit een gezin van drie waren de twee grote kamers verboden terrein. Ik leefde mijn leven in mijn kleine slaapkamer, sliep onder de schuine wand, waar ik droomde van ruime kamers, grote kasten, een eigen wastafel met tegels, volgeplakt met stickers, maar vooral van een eigen identiteit. Ik voelde dat ik iets miste. Ik was op zoek naar antwoorden, terwijl de bijbehorende vragen nog niet eens in mijn hoofd waren opgekomen.

Mijn vroege jeugd zouden volwassen mensen denk ik omschrijven als 'gelukkig'. Ik werd niet geslagen, tenminste, niet heel vaak. En hoewel we het niet breed hadden, kregen we normaal te eten. Toch zie ik er op foto's van mijn jeugd niet erg gelukkig uit, of het nu de vakantiefoto's in Frankrijk zijn, of de huis-tuin-en-keukenkiekjes. Altijd weer dat serieuze gezicht met de vragende ogen. De foto's zijn vergeeld, dit komt denk ik doordat ze geschoten zijn met een Kodak Box-camera. Hoewel de foto's vervaagd zijn is dat niet het geval met mijn herinneringen.

Het was zondagavond, ik lag al vroeg in bed. Dat weet ik nog omdat ik de avond daarvoor langer op mocht blijven; dat was alleen toegestaan op zaterdagavond. Met het gezin keken we dan naar de *Willem Ruis Show*. Ademloos zat ik bij mijn vader op schoot.

Ik kreeg chips in een glazen schaaltje en dronk een glas cola van de Aldi. Ik moest altijd heel erg lachen om meneer Ruis, die nog enthousiaster was dan de kandidaten in zijn spelprogramma. Met mijn linkeroor op mijn kussen voelde ik mijzelf langzaam in slaap vallen. Ik keek naar de kleine wekkerradio op de stoel naast mijn bed. Een cadeau van de buurman, die zelf een nieuwe had gekocht. De radio was zwart met een harde groene plastic rand. Er zaten maar twee knoppen op. Een *on*-knop, die tegelijk voor het volume was, en een knop om de zender te zoeken. Eigenlijk was die tweede knop overbodig, want de radio stond altijd op Hilversum 3. De wekkerradio had groene cijfers en letters in plaats van rode. Omdat de radio zijn plek moest delen met de kinderbijbel en de *Suske en Wiske*'s, stond hij meestal een beetje scheef. Volgens mij was hij van het merk Sanyo, maar omdat de buurman hem vroeger had gebruikt tijdens het klussen, zaten er allemaal verfvlekken op. Sommige letters van de merknaam waren daardoor niet meer goed zichtbaar en dat vond ik vervelend. De radio stond zachtjes aan. Onhoorbaar voor mijn ouders die beneden in de woonkamer zaten, maar net luid genoeg om de muziek tot mij door te laten dringen. Uit de speaker klonk een mannenstem. De stem was warm, zacht en krachtig tegelijk. Hij zong over vroeger en hij was verdrietig, tenminste dat was het gevoel dat ik kreeg. Zelf werd ik namelijk ook verdrietig.

Ik begon te huilen, eerst zachtjes omdat ik niet wilde dat iemand mij zou horen, maar hoe langer het liedje duurde, hoe harder ik huilde.

Het duurde dan ook niet lang voordat ik de trap naar de overloop hoorde kraken. Het was een vertrouwd geluid, in een traag ritme. Het was mijn vader. De deur ging open en tussen mijn tranen en de zingende man door voelde ik zijn armen om mij heen. Hij tilde mij half uit bed en drukte mij tegen zich aan. Zijn baard kriebelde op mijn voorhoofd en de geur van zijn Fresh Up-aftershave drong mijn neus binnen. Samen luisterden we naar de laatste tonen van de muziek. Toen hij vroeg waarom ik moest huilen vertelde ik hem dat ik verdrietig was geworden van de zingende man. Ik deed een poging de melodie voor mijn vader na te zingen. Het lukte alleen niet zo goed als ik zou willen en ik was alweer veel van de woorden vergeten. 'Het was iets met een tuinpad en iemand zijn papa, maar verder weet ik het niet meer.'

Mijn vader trok een bedenkelijk gezicht, hij kon mijn gezang niet gelijk plaatsen. We keken elkaar aan en mijn vader gaf mij het antwoord op de vraag die ik hem niet durfde te stellen.

'Papa zal jou nooit in de steek laten, maar daarbij weet je ook dat je nooit alleen bent...'

Dat laatste deel van de zin gaf mij een raar en ongemakkelijk gevoel, maar ik wist wat hij bedoelde.

Ik kom uit een strenggelovig gezin. Dat wil zeggen dat je bidt, voor en na het eten, elke dag in de Bijbel leest en op zondag twee keer naar de kerk gaat.

Op de basisschool zong je op maandagochtend, in je eentje voor in de klas, een psalm of gezang. De meester lette streng op of je de melodie en de woorden op de juiste manier zong. Ik kreeg het dan altijd heel erg warm en met een rood hoofd zong ik het woord van de Heer, terwijl ik het gevoel had dat de hele klas mij uit zat te lachen.

Als je naar de middelbare school gaat, breekt er een nieuwe stap in je relatie met God aan. Je gaat op woensdagavond naar catechisatie. Dat is een soort Bijbelstudie, waarbij de dominee het woord van God in begrijpelijke taal uitlegt. Tenminste, dat probeert hij. Rond je vijftiende jaar komt daar op donderdag nog iets bij wat 'jeugdvereniging' heet. Hier word je met leeftijdsgenoten voorbereid op de zondag die komen gaat. Tel daar dan nog twee uur godsdienstles per week bij op, en je kan wel zeggen dat God heel veel van mijn tijd in beslag nam. God had invloed op mijn leven en dat was volgens mijn ouders en de Kerk ook precies de bedoeling. Het zou mij in de richting moeten leiden naar een leven waarbij God trots op mij zou zijn. Volgens mijn ouders, de school en de Kerk stond het vast dat God altijd op mij lette en over mijn schouder meekeek.

Het idee dat ik nooit helemaal alleen was en dat ik mijn gedachten voor iedereen, behalve voor Hem, kon afsluiten maakte mij bang. Wat voor mij vaststond was dat God niet alleen mijn beste vriend was, maar volgens iedereen om mij heen vooral zou moeten zijn.

Ik liep over van de vragen maar kreeg nergens een helder antwoord op. Dat was dan ook het principe van geloven. 'God vertelt jou van alles, maar Hij zal nooit kunnen bewijzen dat wat Hij allemaal tegen je zegt, ook daadwerkelijk de waarheid is.'

De regel 'omdat God het zegt, is het zo!' vond ik toen ik de leeftijd had om naar de basisschool te gaan, al ongeloofwaardig.

Iedere ochtend op school, na het Bijbelverhaal, stak ik mijn vinger in de lucht. Of het nu ging om Mozes die de zee deed opensplijten, of het brood dat uit de hemel kwam regenen. Het was en bleef voor mij één groot vraagteken en ik wilde niets liever dan antwoorden. Na mijn zoveelste spervuur aan vragen, raakte mijn meester danig uit zijn humeur. Hij moest het gevoel hebben gekregen dat hij hier onderworpen werd aan een kruisverhoor. De wanhoop nabij schreeuwde hij mij toe:

'Je moet erop vertrouwen dat God bestaat en dat Hij er altijd voor zal zorgen dat je niets zal overkomen.'

Die zin bleef een week door mijn hoofd spoken. Ik stelde geen vragen en vroeg ook niet om antwoorden. Het enige wat ik deed was, zittend aan mijn tafeltje, peinzend voor me uit staren.

Ik moest vertrouwen op iemand die ik niet kon zien, maar die mij wel altijd zou beschermen en er altijd voor mij zou zijn. Het was misschien de bedoeling geweest om mij met die opmerking gerust te stellen, zodat ik mijn mond zou houden. Het tegenovergestelde gebeurde. Ik vond de gedachte van 'het alom aanwezige bestaan van God' doodeng. Een week later zag de meester, met een lichte frons in zijn voorhoofd, mijn vinger weer omhoogschieten.

'Meester, mag ik u toch nog wat vragen?'

Zuchtend gaf hij mij toestemming om naar voren te komen. Mijn klasgenoten zagen mijn vragenuurtje vooral als uitstel van een rekenles of een dictee. Goedkeurend gemompel ging dan ook door de klas, toen ik na een week van stilte toch weer naar voren liep met een hart vol vragen.

In mijn hoofd was het idee ontstaan om het 'alom aanwezige bestaan van God' te bewijzen. Ik draaide mijn rug naar de meester toe, spreidde mijn armen en stelde een simpele vraag: 'Ik kan u nu niet zien, klopt dat?'

De meester mompelde een onverstaanbaar geluid, waarbij zijn verbazing duidelijk hoorbaar was.

'Nee vent, jij kan mij niet zien.'

Op het moment dat hij bevestigend antwoordde, liet ik mij achterovervallen.

'Wat doe je nou?!' Hij schreeuwde het uit maar wist mij alsnog in zijn armen op te vangen. 'Malle jongen, ga jij eens heel vlug terug naar je plek! Wat is nu je punt?' De ergernis in zijn stem was duidelijk hoorbaar en met zijn hand in mijn rug duwde hij mij terug naar mijn tafel.

Mijn medeleerlingen schoven onrustig op hun stoel heen en weer, druk door elkaar heen pratend.

'Stilte!' brulde de meester.

Ik liep langzaam terug naar mijn tafel en ging op de stoel staan. Ik spreidde mijn armen, zoals een vogel zijn vleugels zou spreiden.

'U zegt dat God bestaat en dat Hij mij altijd zal beschermen. Dan zal Hij mij opvangen zoals u dat zojuist deed!'

Het was doodstil in de klas. De meester keek mij aan, de tweestrijd die zich in zijn hoofd afspeelde, was in zijn ogen zichtbaar. Mij gebieden van de stoel af te komen, zou per direct al het geloof uit mij en mijn medeleerlingen stampen. Mij laten vallen was ook geen optie, bovendien zou ook dat voor nogal wat twijfel tegenover God in onze kinderharten zorgen. Voor een kort moment keken de meester en ik elkaar zwijgend aan. Ik doorbrak het moment van stilte door van tien naar nul af te tellen. Mijn klasgenoten telden vol enthousiasme mee. Achttien monden klonken als één. Tien, negen, acht... Ik keek de meester recht in zijn ogen, zeven, zes, vijf... Mijn schoenen balanceerden op de rand van de stoel, vier, drie, twee...

Ik sloot mijn ogen en wachtte op wat zou komen.

Toen mijn klasgenoten zo hard mogelijk 'één' brulden, liet ik mij als een olympische schoonspringer achterovervallen. Mijn ogen waren dicht, ik hoorde mijn meester naar voren stormen, een meisje gilde, en ergens viel een etui van een tafel.

Mijn val leek uren te duren en ik voelde de landing niet eens. Volgens mij was ik al bewusteloos voor ik de grond raakte.

Toen ik bijkwam, lag ik in de kamer van de directeur. Ik werd wakker van zijn stem. Hij was met mijn moeder aan het telefoneren: 'Wat uw zoon heeft gedaan, is onacceptabel!'

Ik hield mijn ogen gesloten maar kon een lichte glimlach niet onderdrukken. Ik had het bewezen: God bestond niet!

Thuis kreeg ik gigantisch op mijn sodemieter. Mijn moeder stond trillend van woede voor me.

'Je bent een debiel en een heiden! Zeg me wat je bent!' In de hoop het antwoord op haar vraag sneller uit mij te krijgen rammelde ze mij aan mijn schouders door elkaar.

'Wát ben je?!'

Het vragen was inmiddels overgegaan in schreeuwen. Ik keek naar mijn schoenen, oranje met zwarte gympies en witte veters. Hé, mijn ene veter is los, maar dat was de verkeerde gedachte. Mijn moeder sloeg mij in mijn gezicht. Dit deed ze met de muis van haar rechterhand, die met volle kracht op mijn wang landde.

Ik voelde hoe haar trouwring mijn kaak raakte. Mijn moeder was inmiddels buiten zinnen en schudde mij nu nog harder door elkaar.

‘Wie niet horen wil, moet maar voelen!’ Het schreeuwen was gillen geworden.

‘Wát ben jij?’

Ik keek haar aan. ‘Ik ben een debiel, mama,’ zei ik zacht.

Nog een klap.

‘En een heiden.’

De dagen erna werd de stemming er niet beter op. Mijn vader en moeder kregen tientallen telefoontjes, van de school en van andere ouders. Omdat mijn klasgenoten nogal onder de indruk waren van mijn test in Gods vertrouwen en mijn vrije val voor veel twijfel had gezorgd, werden er aan de eettafels veel vragen gesteld. Wat nog veel erger was: het bestaan van God werd openlijk in twijfel getrokken. Op school werd het mij verboden om nog vragen te stellen na het lezen in de Bijbel.

Het vervelendste vond ik nog wel dat ik op woensdagmiddag bij veel klasgenootjes niet meer mocht komen spelen. Dat vond ik jammer, ik kwam graag bij andere kinderen thuis. Ik vond het oneerlijk en begreep het ook niet goed, ik had toch alleen maar een simpele vraag gesteld? Terugdenkend aan dat voorval vermoed ik dat ik niet zozeer wilde bewijzen dat God niet bestond, maar juist dat Hij wel bestond.

2
BOMMEL

De afstand van de bushalte naar huis is ongeveer driehonderd meter. Als ik uit de bus stap, zie ik ons huis aan de overkant van de weg al. Hoewel ik hier kan oversteken, is mij dat door mijn ouders verboden. Ik mag alleen via het zebrapad de weg over. Om daar te komen moet ik langs het kleine Van der Valk-hotel. Ik kijk omhoog of mijn beste vriend op het dakterras van het hotel staat. Ik roep zijn naam, maar er komt geen reactie. Teleurgesteld loop ik naar huis.

Bommel was een 'vuilnisbak'. Als ik naar hem keek zag ik gewoon een hond, maar volgens mijn vader noem je een hond die geen rashond is een vuilnisbak. Ik vond Bommel er niet minder leuk om. Zijn vacht had bij zijn kop en oren krullen, maar bij zijn poten waren het meer lange plukken. Als hij rende, zag dat er heel grappig uit en leken de plukken net de manen van een galopperend paard.

Zijn donkerbruine vacht glinstert in de zon en je ziet de druppels van de plas waar hij net doorheen is gerend nog op zijn vacht liggen.

Bommel voelde zich het meest op zijn gemak bij mijn vader, hij kroop dan ook het liefst bij hem op de bank. Mijn moeder wilde geen hond op de bank en dus duwde mijn vader hem op de vloer zodra zij de woonkamer binnenkwam. Bommel leek dan te mopperen door te gapen, waarbij er allerlei grappige geluiden uit zijn bek kwamen. Als hij aan mijn moeder had laten weten dat hij het er niet mee eens was, ging hij aan mijn vaders voeten liggen.

Het grootste probleem met het hebben van een hond is dat je hem moet opvoeden. Dat bleek niet iets te zijn waar mijn ouders veel kaas van hadden gegeten. Bommels grootste plezier in het leven was dan ook om rottigheid uit te halen. Zodra je hem even geen aandacht gaf, rende hij door het huis. Hierbij stootte hij van alles om en viel er nogal eens iets kapot. Soms probeerde hij zijn eigen staart te pakken, waarbij hij door de kamer tolde.

Als mijn moeder dan zijn naam schreeuwde, blafte hij hard terug, alsof hij wilde zeggen: 'Ik ben niet bang voor jou!'

Om zijn dapperheid te bewijzen nam hij een aanloop om met een grote sprong in de gordijnen te belanden. Met zijn sterke kaken beet hij zich, woest schuddend, vast in de dikke stof.

Op een dag vond mijn moeder Bommel onder het dikke gordijn, met de halve rail uit het plafond gerukt. Toen was voor haar de maat vol. Bommel ging de deur uit en geen hond zou nog een poot zetten in het huis van de familie Paleaux.

Ikzelf heb Bommel dan ook nooit gekend. Mijn vader heeft mij dit verhaal keer op keer verteld. Het enige wat ons nog aan zijn geliefde viervoeter herinnert, is een foto van een rennende Bommel in de zon.

Ik ben gek op honden, op een rare manier lijk ik hun taal te spreken en voelen ze zich bij mij op hun gemak. Ik, op mijn beurt, vind een kus van hun natte neus op mijn wang het fijnste gevoel op de hele wereld. De mooiste hond van het dorp woont in het Van der Valk-hotel. De eigenaar is getrouwd met een mevrouw uit Canada. Een land waar mijn pake mij wel eens over verteld had, maar waar ik zelf nog nooit geweest ben. De hond komt ook uit Canada en in tegenstelling tot Bommel is deze hond wél een rashond. Ze hebben hem een Engelse naam gegeven, wat ik heel bijzonder vind. Jay is een hond zoals ik er nog nooit een heb gezien.

Hij heeft een reusachtige kop, zijn vacht is dik, zacht en grijs. Met zijn blauwe ogen lijkt hij recht in je hart te kijken, waardoor je het gevoel krijgt dat je hem je grootste geheimen kunt vertellen. Als ik uit de bus stap, staat Jay meestal op het dakterras van het hotel met zijn grote pluimstaart te kwispelen. Van enthousiasme springt hij bijna naar beneden. Jay vliegt via de buitentrap van het hotel naar beneden, om recht in mijn armen te springen. We spelen samen op het grote parkeerterrein en af en toe mag ik hem zelfs uitlaten. Dan voel ik mij altijd heel erg trots. Met Jay aan mijn zij loop ik door het dorp en fantaseer dat we voor altijd bij elkaar mogen blijven. Volgens de bazin van Jay luistert hij beter naar mij dan naar wie ook. Ik krijg altijd een heel warm gevoel van binnen als zij mij dat compliment maakt.

Elke dag komt toch het moment van ons afscheid. Ik sla mijn armen om hem heen en voel zijn natte neus tegen mijn wang, terwijl de haartjes van zijn oor in mijn neus kriebelden.

Op een dag moesten de eigenaar van het hotel en zijn vrouw voor hun werk weg. Ze vroegen mij of Jay een nachtje bij ons mocht logeren. Ik rende naar huis en vloog recht in de armen van mijn moeder die in de keuken stond.

'Mama, mag Jay komen logeren?!'

Ze keek mij aan en zei mij dat ik best wist dat er door de week geen vriendjes van school mochten blijven slapen.

'Nee, mam! Jay, de hond van het hotel!' Ik beloofde haar dat ik goed voor hem zou zorgen en dat ze niet eens zou merken dat hij er was. Ik voelde de aarzeling en ik besloot mijn vader als geheim wapen in te zetten.

'Mag het als het van papa mag?'

Ze knikte, maar het ging niet van harte.

Toen mijn vader later die middag thuiskwam, kreeg hij niet eens de kans om rustig in zijn stoel te gaan zitten. Ik vroeg hem of Jay een nacht mocht komen logeren. Ik vertelde hem dat ik het hele huis zou stofzuigen als hij weer weg was. Mijn vader glimlachte en knikte – dit tot afgrijzen van mijn moeder, die er waarschijnlijk op had gerekend dat mijn vader geen zin in drukte zou hebben.

Ik rende terug naar het hotel om Jay op te halen. Met een kleed waar hij graag op sliep en zijn drink- en etensbak liep ik ons huis in. Jay kwispelde en besnuffelde het hele huis zonder iets om te stoten. De gordijnen vond hij de moeite van het erin springen niet waard en rennen deed hij alleen buiten. Jay was de perfecte logé. Omdat hij zich zo netjes gedroeg en mijn moeder zag dat ik hem heel goed onder controle had, stemde ze erin toe dat hij op zijn kleed naast mijn bed mocht liggen. Ik was zo blij dat ik haar knuffelde en neuskussen op de wang gaf, precies zoals Jay dat altijd bij mij deed.

Die avond lag ik in bed, met Jay naast mij op de vloer.

Ik had mijn hand rond zijn grote poot en luisterde, in plaats van naar Hilversum 3 op de radio, naar zijn zware ademhaling. Ik viel in een diepe slaap en droomde over het maken van een schitterend doelpunt toen ik ineens wakker schrok.

Jay stond naast mijn bed, zijn grote kop naar de deur gericht. Zijn oren lagen plat in zijn nek en hij gromde zachtjes. Ik fluisterde zijn naam waardoor hij twee passen achteruitliep en zijn lijf tegen de zijkant van mijn bed drukte.

Beneden hoorde ik mijn moeder tegen mijn vader schreeuwen. Ze hadden ruzie, maar ik kon niet verstaan waar het over ging. Mijn moeders schreeuwende stem dreunde via de trap en de overloop tegen mijn dichte slaapkamerdeur aan. Ik stapte uit bed en zei Jay dat hij op zijn kleed moest liggen. Ik liep via de overloop naar de trap en schreeuwde vanaf de bovenste trede: 'Mama! Wil je geen ruzie maken, je maakt Jay bang!'

Voor heel even was het stil in de woonkamer. Tevreden liep ik terug naar mijn bed.

Ik was nog niet op mijn kamer of beneden in de woonkamer klonken ineens de snelle voetstappen van mijn moeder. Het was foute boel. Ze rukte de deur van de huiskamer open.

'Wat zei jij daar met je grote mond!'

Ik schrok en zei snel dat ik het niet verkeerd bedoelde en dat ik het alleen maar zei omdat Jay onrustig was geworden. Mijn moeder stormde naar boven en rende met twee treden tegelijk de trap op.

'Als jij denkt dat ik rekening te houden heb met die hond, vergis jij je lelijk!'

Ik gilde het uit, rende naar mijn slaapkamer en sloeg de deur achter mij dicht. Ik dook mijn bed in en trok de dekens over mij heen. Door de dichte deur riep ik naar mijn moeder dat ik het niet meer zou doen. Dat ze niet binnen hoefde te komen omdat ik al in mijn bed lag. Maar ze luisterde niet, de deur zwaaide open en de lamp op de overloop verlichtte mijn kleine slaapkamer.

'Dus jij ging mama vertellen wat ze wel en niet mag doen!'

Ze liep naar voren en stond meteen stokstijf stil. Jay was op mijn bed gesprongen, ik zocht bescherming tussen zijn sterke achterpoten. Zijn staart kwispelde langzaam in mijn gezicht.

Was zijn gegrom eerst zacht en ingehouden, nu voelde ik het bed trillen bij zijn woeste geluid. Zijn kop schudde heen en weer en ik zag zijn tanden in het licht van de overloop glinsteren. Mijn moeder durfde niet te bewegen.

Ik kroop tussen zijn poten vandaan en ging naast hem staan, terwijl Jay nog op het bed stond. Ik legde mijn hand op de zijkant van zijn lijf en bracht mijn gezicht dicht bij zijn oor. Jay en ik waren nu even groot. Mama zou mij nu vast niet durven straffen. Terwijl zijn ogen mijn moeder strak in de gaten hielden, zijn tanden haar op afstand dwongen en zijn gegrom een muur van geluid tussen haar en mij optrok, fluisterde ik Jay zacht in zijn oor: 'Zit. Rustig maar.'

In slow motion stapte hij van het bed, om tussen mijn moeder en mij in te gaan zitten. Ik aaide hem over zijn rug en keek mijn moeder aan.

'Het spijt mij wat ik zei, mama, ik zal gaan slapen, oké?'

Zonder iets te zeggen liep ze achteruit mijn slaapkamer uit.

Toen de volgende ochtend mijn wekker ging, slopen Jay en ik zo stil als we konden het huis uit. We maakten samen een lange wandeling en ik gaf hem in de bijkeuken te eten. Ik zat met mijn rug tegen de wasmachine te kijken hoe hij zijn eten met grote happen naar binnen schrokte.

Even later bracht ik hem naar het hotel terug. De eigenaar en zijn vrouw stonden mij op het parkeerterrein op te wachten. Ze vroegen hoe het ging, ondertussen enthousiast door Jay begroet.

'Het ging perfect.'

Ze bedankten mij hartelijk en wilden mij een rijksdaalder voor mijn spaarpot geven. Die weigerde ik, omdat ik wist dat mijn ouders dat nooit goed zouden vinden. Jay en ik speelden nog wat op het parkeerterrein en ik stelde het moment om weer naar huis te gaan zo lang mogelijk uit.

Toen ik de bijkeuken weer in liep, stond mijn moeder de was uit de centrifuge te halen. Ik voelde een rilling door mijn lijf gaan toen ze haar hand op mijn schouder legde.

'Lex... Die hond zet geen poot meer in dit huis, begrepen?'

Ik knikte en liep zo vlug mogelijk naar mijn slaapkamer.

Vanuit mijn raam kon ik nog net de uiterste hoek van het dakterras van het hotel zien. Jay stond met zijn machtige poten op de rand van het terras en kwispelde zijn staart trots heen en weer.

'Je bent mijn beste vriend, Jay.'

Het was niet meer dan een fluistering, maar toeval of niet, Jay keek mijn kant op en blafte.

3

SCHAPENWOL BRANDT NIET

Als ik vanaf de bushalte niet rechtstreeks naar huis zou lopen, maar in plaats daarvan de parkeerplaats van het hotel zou oversteken, kom ik uit bij het huis van mijn pake en beppe. Zij wonen achter het hotel in een heel groot huis. Om het huis staan hoge bomen, waardoor het vanaf de straatkant bijna niet te zien is. Met een garage onder de grond is het elke keer weer een spannende belevenis om via de steile helling omhoog te rijden. Omdat mijn pake geen rijbewijs heeft, mag alleen mijn beppe rijden. Pake staat op straat op de uitkijk; pas wanneer hij het teken geeft, mag beppe het gaspedaal van de roodbruine Ford Taunus indrukken. Zodra pake zijn duim omhoogsteekt geeft ze gas, de garage komt dan vol rook te staan. De auto schiet dan vooruit, zodat pake altijd aan de kant moet springen om niet geraakt te worden. Als hij daarna instapt, doet hij altijd alsof er niets geks gebeurd is. 'We kunnen vertrekken!' roept hij dan enthousiast.

Het bleef verwarrend dat iedereen in mijn omgeving wel in direct contact met God leek te staan. Ze hadden een twinkeling in de ogen die ik bij mezelf niet zag. Of het nu ging om mijn ouders, broers, of pake en beppe. Ze spraken allemaal over hun vriendschap met God en dat Hij de belangrijkste persoon in hun leven was. Tegen mij zeiden ze dat ik altijd met God mocht praten en dat ik zelfs antwoord zou krijgen. Ik moest dan wel leren om goed te luisteren en 'open te staan om Gods stem in het onbekende te herkennen'. Een zin waar ik tot op de dag van vandaag niks van begrijp. Omdat de vragen zich opstapelden en de antwoorden uitbleven, werd bij mij de verwarring met de dag groter. Ik wilde niets liever dan een twinkeling en een gesprek met God! Stampvoetend liep ik door het huis: 'God, waar ben je?!'

Om daarna een dreun van mijn oudste broer te krijgen omdat ik niet mocht spotten. Toch kwam mijn eerste gesprek met God als een complete verrassing.

Het huis van pake en beppe stond op loopafstand van mijn huis. Als ik onze oprit afliep moest ik rechts afslaan, de Rijksweg op. Een kleine honderd meter over de stoep en ik stond bij het drukke kruispunt. Via het zebrapad kwam ik bij de parkeerplaats van het kleine Van der Valk-hotel. Bij de brandtrap sloeg ik linksaf en dan zag ik meteen de garage en de enorme tuin van pake en beppe. Voor mij was de tuin een grote dierentuin.

Een plek waar de kippen uit je hand kwamen eten, Mieke de lapjeskat altijd op de regenton lag te slapen, de pauw achter je aan rende, de houtduiven af en aan vlogen, en de vijver met de vissen een magische onderwaterwereld tevoorschijn toverde. Alles was even mooi en interessant, maar de vijver met de vissen was mijn lievelingsplek. De vijver was ongeveer twee bij drie meter, maar omdat pake hem zelf gegraven had, was de vijver wel ruim een meter diep. Het water in de vijver kwam uit de grond en volgens pake was dat heel bijzonder. In de winter speelde ik op de vijver en deed ik alsof het einde van de vijver de finish van de Elfstedentocht op de Bonkevaart was.

'Pake, mag ik weer over het winterwater glijden?'

Hand in hand liepen we dan naar de vijver. Met een voorzichtige duw in mijn rug en mijn handen in de lucht gleed ik keer op keer over het bevroren water, de overwinning tegemoet. Voordat de vijver dichtvroor hadden pake en ik de vissen met een schepnet gevangen. Die woonden nu tijdelijk in de garage, in drie heel grote bakken met water. De winter van 1981 was vroeg begonnen. Hoewel het ijs wel de hele vijver had bedekt was het, volgens pake, bij lange na nog niet sterk genoeg om de Elfstedentocht op te glijden. Toch stapte ik het ijs op. Om de dikte van het winterwater te kunnen testen sprong ik zachtjes op en neer. Het ijs maakte wel geluid, maar ik zag geen scheuren onder mijn laarzen tevoorschijn komen.

Ik keek naar het huis van pake en beppe, er stond niemand voor het raam. De kust was veilig.

Ik was halverwege de vijver toen ik het ijs ineens onder mijn voeten voelde golven. Het kraakte en voor ik er erg in had, scheurde de vijver in twee helften.

Ik had laarzen aan met dikke sokken, gebreid van echte schapenwol. 'Lekker warm', zei mijn moeder toen ze mij het kriebelende paar aantrok. Warm was het zeker, het was alleen ook een manier om mij kennis te laten maken met God. Omdat mijn laarzen volstroomden en de dikke sokken zich volzogen met het vijverwater werd ik door een onzichtbare hand naar beneden getrokken. Voor mijn gevoel was het net zo diep als de zee op vakantie in Frankrijk.

Onder water hoorde ik alleen nog maar stilte. Het was een raar soort stil, maar toch ook fijn. Niet zoals 's nachts als ik wakker werd en het hele huis nog sliep. Of de stilte die je kon horen vlak voor dominee Wesseling op zondag de zegen uitsprak in de kerk. Het leek een beetje op het geluid van stilte als ik heel erg verkouden was en behalve mijn neus ook mijn oren verstopt zaten. Ik probeerde omhoog te komen, maar ik was te klein en niet sterk genoeg. Mijn laarzen zaten helemaal verstrikt in de wortels van de waterplanten en ik voelde mezelf wegzakken.

Ik werd licht in mijn hoofd en kreeg vlekken voor mijn ogen en toen hoorde ik voor het eerst Zijn stem. Onder water en toch duidelijk hoorbaar riep iemand mijn naam.

'Lex!' En weer, deze keer nog dichterbij: 'Lex... Lex!'

Het kon niet anders, dit moest de stem van God zijn, ik wist het zeker! Ik werd rustig, eindelijk ging ik met God praten. 'Je hoeft nooit bang te zijn om dood te gaan, want God is je allerbeste vriend.' Een zin die door Kerk, ouders en school keer op keer was uitgesproken herhaalde zich in mijn hoofd. Ik was ook niet bang, ik was juist ontzettend blij, want ik zou eindelijk door

God worden opgevangen. Ik spreidde mijn armen in het water en wachtte geduldig tot ik Zijn armen om mij heen zou voelen. Helemaal klaar voor de geheimzinnige glinstering die de rest van mijn familie wel bezat, opende ik mijn ogen in het koude water. De waterplanten blokkeerden mijn zicht, maar in het troebele water zag ik toch Zijn hand naar mij reiken. Groot, veilig en sterk, het kon niet anders, dit moest God zijn! Mijn tijd om te sterven was eindelijk gekomen en God had niet eens een engel gestuurd om mij te halen, Hij was zelf gekomen! Ik voelde mij zielsgelukkig en wilde Hem zelfs onder water al begroeten. Ik opende mijn mond om 'hallo lieve God' tegen Hem te zeggen, maar het enige wat eruit kwam was een schreeuw. God trok aan mijn haar en hard ook! Het deed ontzettend veel pijn, maar Hij was niet van plan om mij vandaag te laten sterven.

Door de ruk aan mijn haar voelde ik hoe mijn schapenwollen sokvoeten uit mijn laarzen, die samen met de waterplanten in de vijver achterbleven, werden bevrijd. Tot op het bot verkleumd werd ik uit de vijver gevist en op de waterkant op mijn benen gezet. Daar hoorde ik God voor het eerst tegen me praten.

'Niks tegen beppe zeggen!'

God nam mij onder Zijn arm mee naar de woonkamer.

Ik keek mijn pake aan. Hij haalde een donkerrode sprei uit de linnenkast die mijn beppe zelf gehaakt had, sloeg hem om mij heen en wreef met zijn sterke handen mijn lijf warm en droog. 'Ben je in orde?'

Ik kon alleen maar knikken, ik had nooit kunnen vermoeden dat God in Zijn vrije tijd mijn pake was. In de deken gewikkeld zette pake mij bij de kachel. Ik kreeg een beker warme melk om weer op temperatuur te komen. Mijn sokken hingen rond de kachelpijp, ik zag de damp van het winterwater van de wol afkomen.

'Vliegen mijn sokken niet in brand, pake?'

Hij glimlachte.

'Schapenwol brandt niet.'

4
SPIJKERS MET KOPPEN SLAAN

Als ik bij het zebrapad sta, kijk ik in de richting van mijn huis. De pruimenboom in de voortuin wiegt zachtjes heen en weer. 'Die heeft een leuke grap gehoord.' Ik moet om mijn eigen gedachten lachen. Twee huizen verderop is buurman Hoekstra zijn gras aan het maaien. Ik kijk op mijn Swatch-horloge en twijfel of ik nog even naar mijn pake en beppe zal gaan. Beppe vindt het altijd fijn als ik haar kom helpen met de kippen voeren. Op mijn walkman dreunt de muziek van Queen in mijn oren als ik oversteek. Ik word achteruitgetrokken door een mevrouw met een kind op haar fiets. De vrachtwagen die luid toeterend voorbijraast overstemt de strenge mevrouw die mij toespreekt. Ik ruk me los en ren naar huis.

Het dorp waar ik woon is omgeven door weilanden waar tientallen sloten doorheen kringelen. In het voorjaar ga ik kievitseieren zoeken. Met de houten polsstok van pake spring ik dan over de sloten, dat heet fierljeppen. In de winter kun je via de bevroren sloten naar Leeuwarden schaatsen. Dat is een lange tocht, maar met kranten onder mijn trui kan ik extra goed tegen de kou. Hoewel mijn broers en ik precies dezelfde dingen deden als de andere kinderen uit het dorp waren we toch buitenbeentjes. Drie jongetjes met een Friese moeder en een Franse vader. De twee jongste met donkerbruine haren en de oudste met blond haar. Mijn middelste broer en ik leken qua uiterlijk het meest op mijn vader. Mijn oudste broer was een kopie van mijn moeder, zowel qua uiterlijk als gedrag.

Kort na mijn geboorte moest mijn moeder weer aan het werk, mijn vader had een ongeluk gehad.

'Een stom ongeluk,' hoorde ik mijn moeder nog vaak zeggen. Tijdens de lunchpauze was hij gaan voetballen met een paar collega's. Na een onhandige actie waarbij hij viel, landde een dikke meneer boven op zijn rug. Die ene partij voetbal betekende het einde van zijn carrière en het begin van zijn leven als huisvader. Ik werd de eerste jaren van mijn leven grootgebracht door mijn vader, die daarbij hulp kreeg van pake en beppe. Daardoor sprak ik drie talen: Fries, Frans en – op net iets latere leeftijd – Nederlands. Het was niet eens een kwestie van leren. Het ging vanzelf.

Daar had ik ook tijd genoeg voor, bewegen was niet echt mijn ding. Spelen vond ik niet nodig en leren lopen vond ik iets voor kinderen die niemand konden vinden die ze wilde dragen. Praten kon ik als de beste. Toen ik nog een dreumes was en meestal in mijn box lag te slapen, was volgens mijn vader een veelgehoord commentaar: 'Hij doet niet zoveel hè?'

Hij antwoordde dan dat ze maar moesten wachten tot ik wakker werd. Ik sprak voor mijn tweede jaar in complete volzinnen en dat in drie talen. Ik kon qua taal sneller schakelen dan mijn vader, die dat heel grappig, maar soms ook een beetje vermoeiend vond. Hij vroeg mij of ik ook wel eens stil kon zijn, waarop ik antwoordde: '*Non!*' Dan moest hij toch weer lachen.

Vaak nam hij mij op zijn arm en liep met mij naar het grote raam in de achterkamer. Dat keek uit op onze tuin, omringd door de hoge kastanjebomen van de buurman. Hij wees dan omhoog en fluisterde mij toe dat de wind aan de bomen een grapje vertelde. De stam en de takken van de boom schudden daardoor heen en weer van het lachen.

Als hij mij de slappe lach wilde bezorgen, wees hij naar de lucht. We wonen vlakbij de vliegbasis van Leeuwarden; elke dag vliegen er allemaal straaljagers over. Hij vroeg mij wat voor geluid de vliegtuigen maakten. Omdat ik wist wat er ging komen, hing ik op voorhand slap van het lachen in zijn armen. Ik wees naar de lucht en deed het geluid van een vliegtuig na.

Mijn vader schudde meewarig zijn hoofd en zei dat het fout was. Vervolgens stak hij zijn wijsvinger in de lucht, liet een scheet die de vloerbedekking deed omkrullen en zei vol trots: 'Dit doet het vliegtuig!'

Mijn vader ontmoette mijn moeder op het strand van de Franse badplaats Nice. Ze was met haar beste vriendin op vakantie en twee blonde vrouwen op een Frans strand vielen nogal op. Mijn moeder wilde alleen maar bruin worden en zwemmen in de zee, met verliefd worden op een Fransman was ze totaal niet bezig.

Dat veranderde van het ene op het andere moment toen ze mijn vader voor het eerst zag. Zijn blauwe Peugeot 404 stond aan de boulevard. De motorklep stond open en dikke wolken rook sloegen van de oververhitte motor. Mijn vader leunde geduldig tegen het portier terwijl hij een ijsje at. Ik weet nog steeds niet hoe ze met elkaar in contact kwamen. Ikzelf ben verliefd op de dochter van mijn aardrijkskundeleraar, maar ik zou niet weten hoe ik haar aandacht kan trekken. Als ze mijn kant op kijkt, kijk ik meestal vlug weg.

Bij mijn ouders ging het blijkbaar een stuk makkelijker. Ze brachten de zomer met elkaar door en werden heel erg verliefd. Toen de vakantie voorbij was, wisten mijn ouders dat ze voor altijd bij elkaar wilden blijven. Het enige probleem was dat mijn moeder in Friesland woonde en mijn vader in Frankrijk.

Zijn blauwe auto kon niet langer dan een uur rijden zonder dat er rook onder de motorkap vandaan kwam, heen en weer rijden zat er dus niet in.

De eerste periode schreven ze elkaar heel lange liefdesbrieven in het Engels, waarbij mijn moeder altijd haar brieven eindigde met: '*I love you mon chéri*'. Ik vond het heel knap dat mijn moeder Engels en Frans door elkaar kon schrijven. Mijn vader was niet zo'n schrijver en toen de brieven steeds minder vaak op de deurmat in Friesland belandden, begon mijn moeder zich zorgen te maken of mijn vader wel echt haar 'chéri' was. Achteraf bleek ze zich om niks zorgen te hebben gemaakt. Mijn vader had zijn rokende Peugeot verkocht om een treinkaartje naar Friesland te kunnen kopen. Nog geen vierentwintig uur daarna werd er bij mijn pake en beppe aangebeld.

Met een woordenboek Nederlands in de hand stond mijn vader in grijs driedelig kostuum voor de deur. Hij vroeg of mijn moeder ook thuis was. Pake keek verbaasd naar dat kleine mannetje aan zijn voordeur, draaide zich toen om en schreeuwde de gang in dat er een extra bord aan de eettafel gedekt moest worden. Mijn vader voelde zich al snel thuis en zo liepen ze, in plaats van hand in hand langs de Middellandse Zee, nu langs het strand bij Lauwersoog.

'Ook leuk, alleen een stuk kouder,' vertelde mijn vader altijd lachend.

Mijn vader was een kleine man, atletisch gebouwd, prachtig zwart golvend haar, sprekende ogen, die keer op keer een ander verhaal leken te vertellen, een krachtige neus en mond. Zijn strakke kaaklijn had hij verstopt onder een volle zwarte baard, op foto's uit zijn jeugd was het kuiltje in zijn kin nog goed zichtbaar. Mijn vader was lief, maar ook trots en best vaak driftig, helemaal wanneer hij het gevoel had dat je niet eerlijk tegen hem was of hem voor de gek hield.

Hij ging werken bij de Friesche Vlag-fabriek in Leeuwarden. In het begin vond het hij het daar helemaal niet leuk. Hij werd gepest door zijn collega's. Dat kleine mannetje met die woeste baard en die felle ogen was de perfecte pispaal. Tijdens de lunchpauzes kiepten ze zijn bakje met de huisgemaakte boeuf bourguignon leeg en deden ze hem na als hij schreeuwde dat ze hem met rust moesten laten. Hoe hij ook zijn best deed, het lukte hem niet om 'een van de jongens' te worden. Mijn moeder vertelde dat hij het droeg als een held in zakformaat, met rechte rug en zonder te klagen. Pas jaren later hoorde ik hoe hij op een middag zijn geduld verloor.

Mijn vader droeg een foto van mijn moeder bij zich in zijn portemonnee. Terwijl hij met zijn vork in het Tupperware-bakje met de bourguignon prikte, keek hij naar haar lange blonde haar en blauwe ogen.

Ineens werd de portemonnee van de tafel gegrist, de foto van mijn moeder werd belachelijk gemaakt. Mijn vader stond op en liep onder luid gelach en gejoel naar buiten.

Toen hij vijf minuten later weer binnenkwam werd het doodstil in de bedrijfskantine. Mijn vader had een plank in zijn handen, in die plank zaten drie grote spijkers.

Zonder aarzeling haalde hij uit met de plank en dreef de spijkers in de grootste van de treiterkoppen.

'Vol in de bibs,' zoals hij later met zichtbare trots vertelde.

Na die dag werd hij nooit meer gepest en werd hij een zeer geliefd collega. Met het vertellen van dat verhaal keek mijn vader mij altijd aan. Hij kende mij als geen ander en wist dat ik hem begreep. Alsof hij mij na al die jaren wilde zeggen: 'Laat je door niemand in een hoek duwen, wees trots op wie je bent, maar kom vooral voor jezelf op.'

5
VAN ROKEN KRIJG JE BULTJES

Ik stop pas met rennen als ik het huis van buurman Hoekstra voorbij ben. Hij mompelt een onverstaanbare groet terwijl hij de sloot naast zijn huis vult met het vers gemaaide gras uit zijn voortuin. De drooggevallen sloot, die nu dienstdoet als composthoop, verspreidt de geur van de zomer. Terwijl ik diep inadem, zakt de schrik van het bijna overreden worden weg. Ik schop een pluk gras richting de sloot en zie hoe die landt op de steeds groter wordende hoop. 'Goal!' Juichend loop ik door naar ons huis.

Hoe fijn het contact met mijn vader was, zo slecht was het met mijn broers. Als jongste in een gezin van drie telde ik niet mee en liep ik ze vooral in de weg. Ik kon mijn broers al irriteren door ze aan te kijken.

'Kijk de andere kant op met je koeienogen!'

Toch deed ik er alles aan om vrienden met mijn broers te worden. Vooral met mijn middelste broer, die twee jaar ouder was dan ik, hoopte ik vrienden te kunnen worden. Tenslotte is twee jaar bijna niks. Maar ben je zeven en negen dan zijn het lichtjaren. Daar kwam nog eens bij dat mijn middelste broer en ik verschillen als dag en nacht. Zijn beste vrienden waren God en een paar jongens in zijn klas. Mijn beste vrienden waren Jay, Freddie Mercury, de zanger van Queen, en mijn stripboeken. Mijn broer hield veel van fietsen. Ik had een hekel aan fietsen en liep veel liever. We hadden onze eigen levens, die op geen enkele manier met elkaar verbonden waren.

Toch was mijn eerste 'vriendschap' met hem. Toen hij op een dag besloot dat de tijd was aangebroken om te beginnen met roken, riep hij mij bij zich. Ik had er alles voor over om de beste vriend van mijn broer te worden en bood direct aan om de sigaretten van onze moeder te stelen.

Mijn moeder rookte als een ketter, het liefst rookte ze Belinda, maar omdat die te duur waren, maakte ze de sigaretten zelf.

Op woensdagmiddag gingen we naar de Aldi, waar mijn moeder naast de wekelijkse boodschappen ook een grote doos met filters kocht. Bij de kassa werden twee zakjes van de goedkoopste tabak afgerekend. Thuis aangekomen ruimde mijn vader de boodschappen op, terwijl mijn moeder van de doos filters sigaretten ging maken. Ik keek graag toe hoe ze dat deed. Op die momenten was mijn moeder altijd heel geduldig en geconcentreerd bezig. Ik leunde op mijn armen en lette goed op de volgorde van de handelingen.

'Mam, mag ik dat ook eens proberen?'

Ze knikte en schoof mij de doos met filters en een klein apparaatje toe. Ik vulde het apparaatje met shag.

'Let op dat je er niet te veel in doet Lex, anders is het geen lekker sigaretje.'

Ik verwijderde een beetje van de shag, schoof het lege filter aan het uiteinde van het apparaatje, om het vervolgens in één vloeiende beweging om te zetten tot een sigaret. Trots liet ik haar mijn kunstwerk zien. Mijn moeder zag dat het goed was en liet mij rustig mijn gang gaan. Ik maakte vlijtig het ene na het andere sigaretje. Voor iedere tien sigaretjes verdween er één in mijn broekzak. Zodra ik klaar was gaf ik mijn moeder de doos vol sigaretjes terug en sloop met mijn schat naar de ontmoetingsplek van mijn broer en mijzelf.

Het was hoogzomer en in de tuinen om ons heen werd gebarbecued. Onze rooksignalen vielen niet op.

We stonden achter de garage, onder de dennenboom, uit het zicht van onze ouders. Mijn broer stond al ongeduldig op mij te wachten. Het was eerst tijd voor een officieel moment. Mijn broer trok een plechtig gezicht, hij zei mij dat we dit absoluut altijd stiekem moesten doen en dat we heel erg goed op moesten letten.

Op fluistertoon ging hij verder: 'Zweer dat wanneer een van ons betrapt wordt, hij de ander niet gaat verlinken!' Om dit moment kracht bij te zetten spuugde hij in de palm van zijn hand en pakte mijn hand vast.

'Nu is het echt!' zei hij.

Ik was zo onder de indruk dat ik met prikkende ogen van de opkomende tranen mijzelf in gedachten nog eens extra beloofde om deze broederliefde nooit te verraden. Het idee dat we iets deden wat niet mocht kwam niet in mij op. Ik vond het gewoon fijn om mijn broer blij te maken.

Het duurde dan ook niet lang voordat ik met een sigaret in mijn mond langs het raam van de achterkamer wandelde. Bij wijze van groet stak ik mijn vinger omhoog. Mijn vader geloofde simpelweg niet wat hij zag, mijn moeder aarzelde geen moment. Ze liet haar breiwerk vallen om haar handen vrij te hebben. Die had zij namelijk nodig om mij een enorme draai om de oren te geven. Zo'n klap waar je oor van gaat tintelen en gloeien.

'Hoe kom jij aan die sigaretten!' beet ze mij toe.

Omdat ik weigerde de eed tussen mij en mijn broer te verbreken zweeg ik. Zonder eten en *Sesamstraat* werd ik naar bed gestuurd.

Ik lag met een knorrende maag in bed toen mijn vader de deur van mijn slaapkamer met zijn voet voorzichtig openduwde. In zijn hand had hij een geurend bord boeuf bourguignon. Ik mocht het hele bord leegeten, mits ik hem maar vertelde of een van mijn broers ook rookte. De bourguignon rook ontzettend lekker, maar ik hield mijn kaken stijf op elkaar.

Een week ging voorbij en mijn broer en ik waren verslaafd, hij aan de sigaretten en ik aan zijn aandacht. Mijn broederliefde was sterker dan de dreiging van straf. We rookten wat af samen en keken elkaar daarbij heel stoer in de ogen. Ik was in het begin zielsgelukkig, maar na verloop van tijd vond ik het steeds minder leuk. Omdat ik niet wist hoe ik moest roken slikte ik na het inhaleren de rook door, werd misselijk en kreeg een heel raar gevoel in mijn buik. De geur van de sigaretten vond ik heel erg smerig en ik vond mijzelf naar mijn moeder ruiken. Dat vond ik heel erg vies. Hoewel ik mijn broer van sigaretten voorzag, zat ik liever in de woonkamer naar *De familie Knots* te kijken. Mijn broer vond dat niet erg en rookte in zijn eentje.

Dat ging goed tot mijn vader hem in de smiezen kreeg. Ik zat binnen in huis toen ik mijn broer op volle geluidssterkte hoorde brullen: 'Lex rookt ook nog steeds!'

Ik kreeg vlekken voor mijn ogen. Niet vanwege de straf die mij boven het hoofd hing, maar vanwege dit ultieme verraad! Ik sprintte naar buiten om mijn broer aan te vliegen, maar werd daarbij letterlijk opgevangen door mijn moeder. Terwijl zij mij vasthield, had mijn vader mijn broer stevig in de tang. Ik huilde tranen met tuiten, waarop mijn moeder mij zei dat huilen geen zin had; straf zou ik toch wel krijgen. Om dit kracht bij te zetten greep ze mij bij mijn oren en liet die niet meer los. Ik begon nog harder te huilen, niet van de pijn maar van boosheid. Mijn broer zag mijn blik en wist dat zijn verraad voor een gevaarlijke situatie had gezorgd. Terwijl mijn vader nog steeds mijn spartelende broer in bedwang hield, vroeg hij waarom ik in vredesnaam zo over mijn toeren was. Tussen het huilen en het boos kijken door vertelde ik mijn ouders over de belofte die we elkaar hadden gedaan.

'We hebben zelfs gespuugd, kijk zo!'

Mijn vader keek mij aan terwijl ik mijn bespuugde hand in de zijne drukte. Hij staarde een moment voor zich uit en deed toen het ondenkbare... Hij liet mijn broer los. Die bedacht zich geen seconde en zette het op een lopen. Mijn vader gebaarde mijn moeder om mij ook los te laten. De gebroeders Paleaux gingen het uitvechten.

Mijn broer had een voorsprong, maar ik was veel sneller. Ik greep hem bij de kraag van zijn T-shirt, hij sloeg wild om zich heen. Het moet voor de buurt een raar gezicht zijn geweest.

Die twee jongetjes van Paleaux, die in hun korte broekjes over straat renden. De klappen vlogen over en weer. Mijn broer raakte mij waar hij kon. Ik was een stuk kleiner, maar totaal niet bang. Iedere klap werd gevolgd door een duw. Ik kreeg de drooggevallen sloot van de buurman in het vizier. Omdat er geen water meer in stond, groeiden er prachtige boterbloemen, madeliefjes en ook enorme bossen brandnetels. Zo groot dat een oudere broer van negen jaar daarin kon verdwijnen.

Terwijl ik de klappen probeerde te ontwijken gaf ik hem een laatste duw. Hij verloor zijn evenwicht en rolde de berm af, de sloot in. Zo snel als hij erin viel, zo snel sprong hij er ook weer uit. Zijn gebrul was tot bij mijn pake en beppe te horen. Van zijn hoofd tot aan zijn benen was hij bedekt met rode bultjes. Gillend rende hij naar huis, rechtstreeks in de troostende armen van mijn moeder.

'Het brandt en jeukt tegelijk!'

Hij liep er een week lang bij alsof hij de mazelen had. Van mijn vader kreeg hij gigantisch op zijn sodemieter omdat hij mij verraden had. Mijn moeder verzorgde mijn broer liefdevol en negeerde mij volledig.

Terwijl ze een natte handdoek op zijn bespikkelde lijf legde, keek ze mij aan: 'Je bent een debiel en nergens goed voor! Jij eet de rest van de week alleen op je kamer en mag ook geen *Sesamstraat* kijken.'

Ik liep achteruit de kamer uit, en botste daarbij tegen mijn vader. Die kwam net binnen met een bord warm eten, spaghetti met gehaktballetjes in rode saus.

Terwijl de spaghetti in lange slierten over mijn hoofd en schouders hing, gilde mijn moeder dat ik naar boven moest. Vanwege de viezigheid in mijn haar en op mijn lijf durfde ik niet in bed te gaan liggen, ik zat op mijn stoel voor het raam. Bij elk geluid van de overloop hoopte ik dat mijn vader of moeder mij kwam halen om te douchen, maar er kwam niemand.

6
HONGERWINTER

De oprit van mijn huis is lang. Aan het begin staan twee stenen palen, vroeger zat er aan weerskanten een hek, maar het enige wat nog aan het hek herinnert zijn de afgebroken scharnieren. Er groeit een strook gras tussen de grote stoeptegels die als een landingsbaan naar de garage leiden. In de winter is de oprit meestal bedekt met een dik pak sneeuw. Van mijn vader moeten mijn middelste broer en ik dan de oprit sneeuwvrij maken. Als we die klus hebben uitgevoerd mogen we als beloning van de groene strook een glijbaan maken. Dat is een nauwkeurig werkje. Je hebt genoeg aanloopruimte nodig om je af te kunnen zetten, maar je wilt ook zo lang mogelijk door kunnen glijden. Als je goed door je knieën zakt blijf je het beste in evenwicht, degene die genoeg snelheid heeft kan de garagedeur aantikken. Mij is dat nog nooit gelukt, maar mijn broer heeft deze reusachtige prestatie al drie keer voor elkaar weten te krijgen. Vandaag is het een zomerse dag. Toch spring ik uit automatisme na een meter of vier van het gras over op de stenen...

Een felle oostenwind blaast in mijn gezicht, mijn muts heb ik zo ver mogelijk over mijn hoofd getrokken. Mijn sjaal heeft een dubbele knoop, zodat hij goed om mijn gezicht blijft zitten. Er is tussen de sjaal en de muts precies genoeg ruimte om goed te kunnen kijken. Ik lig in een loopgraaf op de uitkijk. De Duitsers rijden ons dorp in en die gemene rotmoffen hebben al heel Nederland bezet, nu is mijn dorpje in Friesland ook aan de beurt. Mijn oudste broer zit bij het verzet. Ook al weet ik niet precies wat dat betekent, ik mag op de uitkijk liggen en dat is een belangrijke taak. In mijn hand heb ik een zaklamp, hij is groen met een schuifknop aan de zijkant. Omdat ik wanten draag is hij lastig te bedienen. Om te voorkomen dat ik te veel tijd nodig heb om hem aan te krijgen, houd ik mijn duimwant stevig op de schuifknop gedrukt. Mijn middelste broer ligt verderop verscholen, achter een hoge stapel kreupelhout. Hij heeft ook een zaklamp en in geval van nood sturen we elkaar een sos-signaal: drie korte flitsen, drie langere en dan weer drie korte.

Als dat gebeurt, weten we wat ons te doen staat: onze schuilplaatsen verlaten en rennen voor ons leven. Heel af en toe schijnen we kort naar elkaar, ten teken dat alles in orde is. Het stelt mij gerust, want om eerlijk te zijn ben ik best bang. De vrachtwagens en tanks rijden in een grote stoet vlak langs mijn schuilplaats. Het enige wat mij van die smerige rotmoffen scheidt is een smalle klinkerweg. Rechts van mij ligt een stapel handgranaten.

Mijn middelste broer en ik hebben van mijn oudste broer strikte orders gekregen. Terwijl hij in zijn hoofdkwartier belangrijke aantekeningen maakt, moeten wij alle tanks en legervrachtwagens tellen die ons dorp binnen komen rijden. Ik heb een klein notitieblok en een potloodje gekregen om alles op te schrijven wat ik zie. Tot nu toe reden er elf vrachtwagens en vier tanks voorbij. Omdat mijn middelste broer vanuit zijn schuilplaats een ander uitzicht heeft, weet ik niet wat er in zijn notitieblok geschreven staat. Dat het Duitse gevaar zich als een inktvlek over ons dorp verspreidt is een ding dat zeker is.

Van mijn oudste broer kregen we nog één heel belangrijke opdracht mee. Mochten we een sneeuwtank zien, dan moesten we niet aarzelen, maar gelijk het sos-signaal naar elkaar doorseinen en de tank onschadelijk maken met onze granaten. 'Een sneeuwtank is wit van kleur en rijdt als enige op de klinkerweg, dicht bij het besneeuwde gras zodat hij nog minder opvalt.'

Terwijl de harde oostenwind zich vermengt met een sneeuwbui, leg ik voor een kort moment mijn zaklamp opzij. In mijn jaszak zit een speculaaskoek, verpakt in bruin knisperend papier. Ik heb ontzettende honger gekregen van het op de uitkijk liggen. Het eten van de koek zal mij weer energie geven om geconcentreerd mijn belangrijke taak uit te voeren. Omdat ik met mijn wanten de knopen van mijn jaszak niet open krijg, doe ik ze uit. Ik leg ze naast de zaklamp, die al met een dun laagje sneeuw bedekt is.

Gehaast open ik mijn jaszak en trek het bruine papier van mijn rantsoen. Ik neem een hap en geniet enorm van het lekkers. Bij de tweede hap sluit ik voor een kort moment mijn ogen. Ik kauw zo langzaam mogelijk om maar extra lang over de speculaaskoek te doen. Hoewel ik mijn ogen dicht heb, merk ik dat er iets veranderd is.

Kort, kort, kort, lang, lang, lang, kort, kort, kort. Ik slik mijn hap speculaas door. Weer die verandering... Kort, kort, kort, lang, lang, lang. Het noodsignaal!

Ik open mijn ogen en zie nog net hoe mijn broer met zijn zaklamp het laatste deel van het noodsignaal geeft. Ik laat mijn speculaaskoek vallen en zoek naar mijn zaklamp. Ik zie mijn wanten tussen het vers gevallen wit liggen, maar de zaklamp is verdwenen. Ik maak grote cirkelvormige bewegingen met mijn handen in de sneeuw. De kou van de sneeuw voel ik niet, het enige wat telt is het vinden mijn zaklamp. Het zweet druppelt van onder mijn muts via mijn wenkbrauwen langs mijn ogen. Ik kijk in de richting van het kreupelhout en zie de reden van het noodsignaal van mijn broer recht op mij afkomen... Een sneeuwtank! Ik probeer me zo klein mogelijk te maken, en dan voel ik iets onder mijn knie. Het is mijn zaklamp!

Zo snel als ik kan verstuur ik het sos-signaal naar mijn broer. Juist op dat moment rijdt de sneeuwtank hem voorbij. Ik zie hoe hij de handgranaten naar de tank gooit, maar ze missen allemaal hun doel. Nu komt het dus op mij aan. Ik kijk naar rechts en zie de handgranaten naast me liggen.

De spanning is zo groot dat ik vergeet hoe koud het is en hoe fel de wind blaast. In mijn beide handen heb ik een handgranaat. Met mijn rug leun ik tegen de besneeuwde loopgraaf. Ik voel het gedreun van de sneeuwtank op de klinkers aanzwellen.

Als de sneeuwtank mij met het voorste deel van zijn rupsbanden passeert, kom ik in actie. Alles lijkt in slow motion te gaan. Ik spring vanuit de loopgraaf omhoog. De sneeuw die op mijn jas gedwarreld was, vliegt als een kleine sneeuwstorm in het rond. In de verte hoor ik mijn broer schreeuwen: 'Doe het nu, Lex!'

Ik aarzel geen moment. De eerste granaat verlaat mijn hand en vliegt meters over zijn doel. Ik heb nog één kans voordat de sneeuwtank de bocht zal nemen en voorgoed uit mijn zicht zal verdwijnen. Ik knijp één oog dicht, trek de pin uit de granaat, strek mijn arm naar achteren en zwiep hem zo hard als ik kan naar voren. De granaat vliegt mijn hand uit en raakt met een enorme snelheid de tank. Ik schreeuw een oerkreet uit van geluk en kijk naar het kreupelhout – daar zie ik mijn middelste broer, met zijn armen in de lucht staat hij te zwaaien en te juichen. Ik zwaai met beide armen ten teken dat de overwinning nabij is.

Mijn broer zwaait nog steeds, maar zijn gezicht straalt niet meer, het is nu vertrokken van angst. Hij wijst en schreeuwt iets naar me. Ik probeer te verstaan wat hij zegt, maar door het lawaai van de andere tanks en vrachtauto's hoor ik hem niet. Vanuit zijn schuilplaats rent hij opeens keihard weg.

Ik kijk over mijn schouder en zie dat de tank gestopt is. Er stapt een mof uit en hij is boos. Tot mijn stomme verbazing spreekt hij vloeiend Nederlands. 'Jij daar... Staan blijven!'

Was mijn schuilplaats daarnet nog een besneeuwde loopgraaf, nu was het niets meer dan de greppel van buurman Hoekstra. De legervrachtwagens en tanks waren veranderd in grote gele bussen en normale auto's van papa's die van hun werk kwamen en naar huis reden. Op de vrachtauto's stonden geen hakenkruizen, maar letters van bedrijven... En de sneeuwtank? De sneeuwtank was een witte Opel Kadett met een kinderstoeltje achterin. Mijn handgranaten waren zorgvuldig geknede sneeuwballen en de boze rotmof was niets meer dan een heel boze papa. Maar daarom was het gevaar niet minder! Ik sprong uit de greppel en zette het op een lopen. De mofpapa liet zijn auto midden op de klinkerweg staan en rende achter mij aan. Ik was doodsbang en het enige wat ik kon bedenken was zo snel mogelijk de oprit te bereiken. Ik rende zo hard als ik kon, maar ik voelde hoe de mofpapa op mij inliep met iedere stap die hij zette. Ik gilde zo hard als ik kon.

'Er zit een mof achter me aan! Help mij!' Ik rende de oprit op, na vier meter sprong ik van de ijsbaan over op de besneeuwde tegels. De mofpapa deed dat niet. Terwijl ik naar onze achterdeur rende klonk er achter mij een doffe klap.

De mofpapa was niet op de hoogte van de ijsglijbaan en schoot onderuit. Hij gleed de struiken van de buurman in en ik moest er heel hard om lachen. Ik bleef voor een kort moment staan en keek naar de man die vloekend op handen en knieën uit de struiken kroop...

'Stomme rotmof, je mag niet vloeken!'

De mofpapa sprong overeind en rende via de besneeuwde stoeptegels naar mij toe. Bij de achterdeur haalde hij mij in. Ik kon nog net de deurklink vastgrijpen terwijl de boze man mij aan mijn benen van de deurklink af probeerde te trekken.

'Kom hier jij!' Hij schreeuwde het uit en ik schreeuwde zo hard als ik kon om mijn moeder. Vanuit het keukenraam moet het een vreemd gezicht zijn geweest, maar ze kwam gelijk in actie.

Ze rukte de achterdeur open en trok mij uit de greep van de boze man. Ik sloeg mijn armen om haar heen en drukte mijn gezicht in haar schort. Het rook daar naar prei.

Omdat de mofpapa zeer snel de situatie uit kon leggen, was het mijn moeder duidelijk dat ik stout was geweest en dus straf verdiende.

Ik kreeg een rotklap tegen mijn wang, beschermd door mijn muts en een sjaal voelde ik de pijn nauwelijks. Ik rende naar binnen en zocht troost bij mijn vader. Mijn moeder wist de mofpapa te kalmeren, waarna hij de oprit afliep. Terwijl zij de keukendeur dichtdeed kon ik nog net zijn zware voetstappen horen knerpen in de sneeuw.

Mijn vader had mij op zijn schoot getrokken. Mijn verhaal over de aanval van de Duitsers hoorde hij vol ongeloof aan. Hij begreep niets van mijn uitleg over de sneeuwtanks en de sos-signalen. Mijn moeder kwam de woonkamer binnen en bekeek mij van top tot teen.

'Lex, waar zijn je wanten?'

Ik pakte haar hand en liep met haar naar het grote raam in de voorkamer en wees naar de greppel van buurman Hoekstra.

'In de loopgraaf, mama.'

Met samengeknepen ogen en een verbeten trek rond haar mond legde ze haar hand op mijn schouder. 'Doe je jas uit, muts en sjaal af en ga naar je kamer.'

Ik voelde een rilling over mijn rug lopen.

'Lex, vanavond zonder eten naar bed.'

Zonder wat te zeggen knikte ik en liep naar boven. Ik begreep waarom ik straf kreeg.

De slaapkamerdeur van mijn oudste broer stond open. Voorovergebogen zat hij aan zijn bureau en was druk bezig met zijn huiswerk. Zijn list om van zijn twee jongste broers af te komen had prima gewerkt.

Ik liep mijn slaapkamer binnen en schoof de gordijnen open. Er stonden ijsbloemen op de ruiten. Met mijn handen maakte ik een kommetje rond mijn mond en blies mijn warme adem tegen het raam. Kleine, ijskoude straaltjes water gleden via mijn polsen mijn wollen trui in.

Ik voelde de mouwen tegen mijn armen plakken, maar ik ging net zo lang door tot ik naar buiten kon kijken. De sneeuw kwam nu in dikke vlokken naar beneden.

Het was een prachtig gezicht. Ik kon niet wachten tot morgen, dan zou ik een sneeuwpop gaan maken. Met mijn wang tegen het raam gedrukt keek ik naar de greppel van de buurman. Ik probeerde mijn wanten in de loopgraaf te zoeken, maar het was onbegonnen werk. Mijn maag knorde stevig en ik kroop mijn bed in. Het was de hongerwinter van 1984.

7
FRUITTELLA

De garagedeur is groen met wit gestreept, rechtsboven in de hoek zit een deuk. Vele uren voetballen en doen alsof je het winnende doelpunt scoort in een EK-finale hebben een onuitwisbare indruk achtergelaten. Ik sla linksaf en loop de achtertuin in, mijn fiets staat tegen het huis geleund. Het stuur is tegen de muur gekanteld. Er zit een deuk in de fietsbel, de eerste roestplekjes kun je al zien zitten.

'Ja Lex, nu ben ik er klaar mee, jij mag nablijven!'

Ik schrok me kapot. De hele dag door had ik al lopen klieren. Hoewel het terecht was dat ik op mijn donder kreeg, viel de zwaarte van de straf mij toch tegen. De school was verlaten en ik zat in het aardrijkskundelokaal te wachten tot ik naar huis mocht. Ik vroeg mij af of mijn ouders zich zorgen maakten.

Ik zag meneer Grit, mijn aardrijkskundeleraar, door de gang lopen en probeerde met wapperende armen zijn aandacht te trekken. Hij zag mij niet. Wrijvend over zijn voorhoofd liep hij, in gedachten verzonken, mij voorbij. Ik liet mijn armen zakken en wachtte tot ik eindelijk naar huis mocht.

'Paleaux, wakker worden!'

Voor de tweede keer die dag schrok ik mij een ongeluk, deze keer vanuit een diepe slaap. Met mijn hoofd rustend op mijn armen werd ik door de conciërge, meneer Gunnink, gewekt.

'Wat doe jij hier nou nog?'

Ik wreef de slaap uit mijn ogen en vertelde dat ik na moest blijven.

'Mijn ouders zijn nu vast ongerust.'

Hij keek op zijn horloge en zag dat het al half vijf was.

'Ben je met de fiets of met de bus?'

Ik wees naar de fiets die eenzaam in het fietsenhok stond.

De conciërge knikte.

'Pak je jas en haast je naar huis, dan ben je vast nog op tijd voor het avondeten.'

Hoewel ik al thuis had moeten zijn, had ik geen zin om haast te maken. De gedachte aan mijn moeder die met overslaande stem haar woede op mij koelde omdat ik te laat was, deed mijn trappers vertragen.

Op zes kilometer van mijn huis moest ik een keuze maken: rechtdoor fietsen en langs de snelweg, of linksaf en via natuurpark 'De kleine wielen' met een omweg naar huis. Ik koos voor het laatste en binnen enkele minuten zag ik alleen nog maar hoge bomen en dichte struiken. Er was verder niemand in het park te bekennen. De plas, waar overdag waarschijnlijk nog veel mensen hadden gezwommen, lag er verlaten bij. De houten hekken waar normaal gesproken de fietsen van de bezoekers tegenaan stonden waren nu leeg. In de verte kon ik de brug al zien. Een paaltje in het midden gaf aan dat het alleen voor fietsers bestemd was. Voorbij de brug was het nog een paar kilometer fietsen voor ik de dorpsgrens bereikt zou hebben. De geasfalteerde weg gaf mij het gevoel dat ik op wolken fietste. Mijn walkman stond op zijn hardst en ik hoorde de stem van Freddie Mercury zingen dat hij een 'good time' had en niet te stoppen was. Er was verder niemand in het park en ik zong zo hard mogelijk mee.

Op het moment dat ik met losse handen fietste om de gitaarsolo mee te kunnen spelen zag ik vanuit mijn ooghoek een auto geparkeerd staan.

Ik stopte met zingen en luchtgitaar spelen omdat ik niet wilde dat andere mensen mijn stem hoorden.

'Wat kan jij mooi zingen, zeg!'

Van schrik verloor ik bijna mijn evenwicht en moest remmen

om niet onderuit te gaan. Omdat ik zo opging in de muziek had ik de meneer die bij de auto stond in eerste instantie niet eens opgemerkt. De auto was wit en de voorruit was bedekt met tientallen zomervliegjes.

Tegen de deuropening stond een man geleund. Hij droeg een bril en een baard met drie kleuren: grijs, bruin en rood. Ik vond het wel een mooi gezicht, zo'n kleurrijke baard, die van mijn vader was alleen maar zwart. Thuis mocht ik nooit zingen omdat ik vals zong en raar keek met mijn stomme koeienogen. Tenminste, dat zeiden mijn broers altijd, maar nu was er uit het niets deze meneer die zei dat ik mooi kon zingen. Ik was blij en ook best een beetje trots, maar het compliment verwarde mij ook. Verlegen keek ik naar mijn schoen die op de trapper van mijn fiets rustte.

'Ben je door mij gestopt met zingen? Dat was niet mijn bedoeling...' De aardige meneer maakte een verontschuldigend gebaar. Ik keek naar zijn gezicht en de vriendelijke glimlach.

'Bent u verdwaald, meneer?'

Hij knikte en lachte hardop.

'Je bent een slimme jongen en je hebt het goed gezien. Ik ben inderdaad verdwaald, stom hè?!'

Een volwassene die de weg niet meer weet. Blijkbaar verdwalen volwassen mensen ook wel eens.

'Kom jij hier uit de buurt?'

Ik knikte en wees met mijn hand naar de fietsbrug.

'Ik woon daar, verderop voorbij de brug en dan nog een stukje.' De meneer sloeg zijn handen ineen van blijdschap.

'Dan kun jij mij dus helpen! Ik heb een kaart in mijn auto liggen, maar er is zoveel groen hier dat ik niet meer weet waar ik ben.' Hij draaide zich om en deed het portier van zijn auto open. Nieuwsgierig keek ik over zijn schouder mee naar binnen. Uit zijn dashboardkastje haalde hij een kaart. Op de passagiersstoel zag ik een rol Fruittella, een pakje shag van het merk Javaanse Jongens en een hele stapel cassettebandjes liggen.

'Ik draai nu ook een cassettebandje.' Vol trots liet ik mijn walkman zien.

Zijn duim gleed over het Sony-logo, de duim was een beetje gelig van kleur. Mijn moeder heeft ook zo'n duim, dat komt van het roken. Ik probeerde te zien of zijn wijs- en middelvinger ook geel waren, maar dat lukte mij niet. Zijn gele-duimhand had zich van mijn walkman naar mijn rug verplaatst. Hij had een grote kaart van Friesland uitgevouwen. De kaart hing half over het open portier en voor een gedeelte op het dak van zijn auto.

'Kan jij een beetje kaartlezen?'

Ik knikte trots van ja. Als we met de zomervakantie naar Frankrijk reden, mocht ik heel vaak meekijken op de kaart.

En een kaart van Frankrijk is veel groter dan die van Friesland, dus dat moest wel lukken. Ik keek naar het Friese landschap dat zich voor mijn ogen ontvouwde.

'Nou meneer, hier ligt Leeuwarden, ziet u wel?' Ik wees naar het rare vormpje dat Leeuwarden moest voorstellen. Met mijn vinger volgde ik de dikke lijn die de snelweg aangaf en wees naar het natuurpark. 'En wij zijn hier, kijk daar staat het: De kleine wielen.' Hij keek geboeid over mijn schouder mee.

'Dus als ik hier keer, dan kom ik weer op de snelweg?'

Ik knikte en de meneer gaf mij een stoere schouderklop. 'Bedankt, goede zanger!'

Ik glunderde van trots, want zo was ik nog nooit genoemd. Hij vouwde de kaart in één keer weer helemaal goed op en legde hem terug in zijn dashboardkastje. Ik keek vol bewondering toe, ik weet hoe lastig het is om zo'n kaart netjes terug op te vouwen. Ik zette mij af op het asfalt en fietste weg.

'Dag meneer, ik moet naar huis om te eten!' Ik reed richting de fietsbrug, achter mij hoorde ik de deur van de auto dichtslaan. De motor werd gestart en de radio sprong aan. Een onbekende zanger knalde luid uit de boxen. Het geluid kwam snel dichterbij en een moment later reed de meneer stapvoets met mij mee.

'Kan je nog even stoppen? Ik wil je nog een beloning geven voor je hulp.'

Ik glimlachte en gebaarde dat het niet hoefde.

Hij glimlachte terug, maar bleek toch vastbesloten om mij iets te geven. Hij gaf iets meer gas en haalde mij in.

De man parkeerde zijn auto schuin voor mijn fiets en stapte uit. Met een handgebaar liet hij mij stoppen.

'Zanger, niet zo snel!'

Ik stapte van mijn fiets en zei nog een keer dat ik echt geen beloning hoefde te hebben, maar de man wilde er niets van weten.

'Ik heb de perfecte beloning voor iemand die van muziek houdt.' Hij stapte uit de auto. In zijn hand hield hij twee cassettebandjes. 'Nieuw gekocht en nooit gebruikt, dus jij mag zelf bepalen welke muziek je erop zet.' Het cellofaan glinsterde in de late namiddagzon. De letters, TDK SA 90, glommen mij tegemoet.

Ik zei wel dat ik geen beloning hoefde, maar voor twee cassettebandjes moest ik heel lang sparen en nu kreeg ik ze zomaar voor niks! Ik strekte mijn hand uit en nam de beloning dankbaar aan. Zorgvuldig stopte ik de cassettebandjes in mijn rugzak.

'Ik ben hier ontzettend blij mee, dank u wel!' Ik stak mijn hand uit om hem te bedanken.

Zijn hand pakte de mijne, de rookduim die het Sony-logo had geaaid, wreef nu over de rug van mijn hand. Ik wilde mijn hand weer terugtrekken, maar hij hield hem vast.

'Blijf je niet nog even gezellig over muziek praten?' Zijn gezicht was heel dicht bij dat van mij. Ik herkende de geur van Javaanse Jongens, vermengd met Fruittella.

'De enige rol die niet kan rollen, van de smaak.' De reclame flitste door mijn hoofd. Waar ik net nog een stoere schouderklop kreeg, voelde ik hoe zijn andere hand naar mijn nek greep. Ik probeerde weg te duiken en tegelijkertijd mijn hand los te rukken. Ik opende mijn mond om hulp te roepen maar het lukte mij niet om geluid te maken.

Hij schudde mij wild door elkaar, greep mijn haar vast bij mijn achterhoofd en sloeg mij tegen de dakrand van de auto, mijn rugzak viel op de grond. Het ging zo snel dat ik de klap niet eens voelde.

Zijn hand liet de mijne los en ook mijn nek werd bevrijd uit zijn beklemmende greep.

Ik deed een stap naar achteren en zag hoe hij naar mij keek.

Hij lachte niet meer, hij keek alleen maar. De stoeptegels onder mijn voeten begonnen te golven, ik had het gevoel alsof ik met vakantie was in Frankrijk en in de zee met de golven speelde. Maar ik was niet met vakantie en ik stond ook niet tot aan mijn middel in het zeewater. Ik stond op het parkeerterrein van het recreatiepark en niemand die mij kon zien of horen.

De man keek om zich heen terwijl hij mij bij mijn schouders pakte. Door zijn stevige greep voelde ik weer wat vastigheid onder mijn voeten. Voor een moment dacht ik nog dat het goed zou komen en hij mij naar huis zou laten gaan. Ik wilde niet huilen, maar de tranen stroomden over mijn wangen, ik was zo bang dat ik mijn plas langs mijn broekspijp voelde druppelen.

'Meneer, mag ik alstublieft naar huis? De cassettebandjes mag u terug.'

Zijn greep leek te verslappen en ik probeerde me los te wurmen. De zweetdruppels glinsterden op zijn voorhoofd.

'Het spijt me zo...' Zijn stem was bijna onhoorbaar.

Zijn gebalde vuist schoot naar voren, ik kneep mijn ogen dicht en draaide mijn hoofd weg.

Toch hadden zijn knokkels mij net boven mijn rechteroog geraakt. Ik lag op mijn buik en mijn wang rustte op het wegdek. Mijn walkman lag ook op de grond, het cassettebandje draaide nog. Er zat een barst in het schermpje en dat maakte mij verdrietig. De zwarte stoffen kussentjes van mijn koptelefoon zaten onder de modder en ik vroeg mij af hoe ik dat schoon moest krijgen.

Ik probeerde overeind te komen, maar kon mijn knieën niet buigen. Ik tilde mijn hoofd op en keek onder mijn arm door naar mijn voeten. Tot mijn verbazing zag ik hoe mijn spijkerbroek voor de helft naar beneden was getrokken.

De man greep mijn enkels en trok mij in één beweging achter de auto. Het asfalt voelde aan als schuurpapier en haalde mijn knieën en wang open.

Ik opende mijn mond en deze keer kwam er wel geluid, een hoge gil echode over het parkeerterrein.

De man trok met een woeste ruk aan mijn arm. Zijn lippen raakten mijn geschaafde wang. 'Houd je bek! Je houdt je bek, heb je mij begrepen!?'

Ik knikte.

'Goed zo. Als je geen lawaai maakt en niet beweegt, mag je zo weer naar huis.'

Ik hád niet eens kunnen bewegen, ik was verstijfd van angst.

De man ademde zwaar terwijl hij de riem van zijn broek losmaakte. Het volgende geluid dat ik hoorde was de rits van zijn gulp. Zijn hand, nat van het zweet, gleed over mijn dijbeen. Mijn onderbroek was lichtblauw met donkerblauwe randen van dik katoen. Hij was net nieuw en door mijn moeder gekocht in een winkel in Leeuwarden, 'Kooistra Kleding, betaalbare mode voor iedereen'. Hij scheurde de onderbroek stuk. De dikke rand sneed in mijn lies. Ik had mij wel eens gesneden aan het tekenpapier van mijn oudste broer. Hij gaf mij een tekenvel, maar toen ik het aan wilde pakken trok hij het snel terug. Het blaadje sneed precies in het velletje tussen mijn wijs- en middelvinger. Het was een klein sneetje, maar deed gemeen zeer. De onderbroek die woest langs mijn lies werd getrokken gaf hetzelfde brandende gevoel. De pijn was scherp en dof tegelijk en ik beet op mijn lip om geen geluid te maken. De gescheurde onderbroek legde hij voor mijn ogen, hierdoor kon ik mijn walkman niet meer zien. De man hijgde zijn Fruittella-adem in mijn gezicht en ik voelde een golf van misselijkheid opkomen. Mijn billen werden ruw uit elkaar getrokken en hij stak zijn vinger in mij.

Ik schreeuwde het uit van angst en pijn, maar zijn andere, naar Javaanse Jongens geurende, hand smoorde mijn gegil.

Zijn gehijg ging over in kreunen toen hij zijn ding in mij duwde. Mijn wang schuurde met elke stoot van zijn onderlichaam over het wegdek. Bij iedere beweging ving ik een glimp op van mijn walkman. Mijn cassettebandje draaide nog steeds en ik wist dat Freddie, onhoorbaar voor mij, aan het zingen was. De man bewoog nu steeds sneller heen en weer. Mijn walkman maakte een klikgeluid. Freddie was gestopt met zingen en de man was ook gestopt. Zijn schoen stond naast mijn gezicht. Hij pakte mijn rugzak en stopte mijn walkman in het voorvakje, naast de cassettebandjes. Ik durfde niet te bewegen en bleef doodstil liggen.

Ik hoorde het portier van zijn auto dichtslaan, de motor werd gestart en de muziek knalde weer op volle sterkte uit de boxen. Met een gesmoorde vloek zette hij de muziek uit, met hoge snelheid reed hij weg.

Vloeken is een zonde, dacht ik bij mijzelf. Ik trok mijn spijkerbroek over mijn blote billen, dat voelde zonder onderbroek heel gek. Mijn rugzak lag naast mijn omgevallen fiets. De zon scheen op mijn fietsbel. Er zat een deuk in.

8
HELD OP SOKKEN

Onze achterdeur is groen en heeft vier kleine ramen waar een bruin geblokt gordijn voor hangt. Als je met je neus tegen het linkerbovenraam gedrukt staat, kun je langs de rand van het gordijn nog net een glimp van de bijkeuken opvangen. De wasmachine en centrifuge staan tegen de muur in het midden van de bijkeuken. Ze kunnen alleen niet tegelijkertijd aan, want dan slaan zowel in het huis als bij mijn vader de stoppen door. Rechts van de wasmachine ligt een stapel dozen van de Aldi en links van de centrifuge staat een oude waterput. Daar staan mijn voetbalschoenen op. Mijn voetbalschoenen zijn mijn grote trots. Ze zijn van het merk Adidas en passen perfect, het leer is soepel, maar ook sterk genoeg om heel hard tegen de bal te kunnen trappen. De drie Adidasstrepen hebben de kleuren van de Franse vlag.

Ik had nog tien minuten – precies genoeg tijd om mijn tas in te pakken. Ik had de avond daarvoor alles klaargelegd naast de gietijzeren kachel. Ik controleerde nog eenmaal of ik alles had. Scheenbeschermers, rolletje tape, voetbalsokken, voetbalshirt en broekje, banaan, boterham met kaas, een paar geitenwollen sokken en mijn voetbalschoenen. Omdat ik iets had wat mijn moeder een groeispurt noemde, moest ik om de paar maanden nieuwe schoenen kopen, mijn voetbalschoenen waren daarop geen uitzondering. Ze zei mij de goedkoopste voetbalschoenen te kiezen en die dan ook een maat te groot te kopen.

'Dan doe je er voor de verandering misschien eens twee seizoenen mee.' Ik begreep haar, maar was het totaal niet met haar eens.

'Mam, met te grote schoenen kan ik niet goed hardlopen.'

Mijn moeder keek mij aan en haalde haar schouders op.

'Dan trek je een extra paar sokken aan, dan zitten ze ook goed.' Ik vond dat een heel stom idee, maar wist dat verder tegensputteren geen zin had.

De Friese staartklok vertelde mij dat het tijd was om mijn ouders wakker te maken. Zo zacht als ik kon liep ik naar boven. Via de smalle zoldertrap op de overloop kwam ik bij de slaapkamer van mijn ouders. Bij het openen van de deur rook ik de slaapgeur van mijn vader en moeder. Ik liep naar mijn vaders kant van het bed.

‘Papa, ben je wakker? De wedstrijd begint over anderhalf uur en ik moet nu weg.’

Mijn vader mompelde onverstaanbare geluiden terwijl hij over mijn wang aaide. Mijn moeder was ondertussen ook wakker geworden.

‘Lex, het is nog veel te vroeg.’

Te vroeg was het misschien voor mijn moeder, maar ik moest me haasten om niet te laat te komen. Ik ging zo vlug mogelijk naar beneden, stopte mijn voetbalspullen in de tas en rende naar buiten.

Bij de voetbalvereniging was het enorm druk. De overdekte tribune met meer dan vijftig zitplaatsen zat helemaal vol en langs de randen van het veld verzamelden zich ook steeds meer mensen. Het was vandaag de laatste wedstrijd van het seizoen en ook de belangrijkste. We stonden twee punten achter op de concurrent en juist die ploeg kwam vandaag bij ons op bezoek. Het enige wat we hoefden te doen was winnen, en dan werden we met één punt verschil kampioen. Ik keek naar mijn teamgenoten, die zich voor de kleedkamer hadden verzameld. Allemaal jongens die veel groter waren en stuk voor stuk goed konden voetballen, ieder met zijn eigen specialiteit. Dennis had heel veel techniek. Een vrije trap genomen door Dennis was bijna altijd een doelpunt. Onze keeper Jan was groot en sterk, maar ook nog eens heel erg behendig. Dat had ervoor gezorgd dat hij dit seizoen het minste aantal tegendoelpunten had gekregen.

Onze trainer, meneer Roy, zei altijd dat we allemaal belangrijk voor het team waren. Ik vond dat fijn om te horen. Ik ben niet groot en ik kon maar vijf keer een bal hooghouden, heel goede voorzetten geven deed ik ook niet vaak. Een doelpunt had ik nog nooit gemaakt en toch was ik van waarde voor het team.

Mijn eerste ervaringen met voetballen kreeg ik door de jongens uit de buurt. Ze waren jaren ouder en dus groter, sterker en sneller dan ik. Toch mocht ik altijd met ze meedoen. Ik droomde van een wereldgoal of de perfecte voorzet. Maar hoewel ik ontzettend mijn best deed, was de middag al een succes als ik de bal één keer wist te raken. Omdat ik graag met leeftijdgenoten wilde voetballen, zeurde ik mijn moeder de kop gek of ik alsjeblieft bij de voetbalvereniging uit het dorp mocht. Uiteindelijk stemde ze toe, vooral om van mijn gezeur af te zijn. Enkele weken later viel de rekening van de contributie op de mat, ze schrok enorm van het bedrag. Maar toen ze te horen kreeg dat we zelf moesten opdraaien voor de kosten van het clubtenue en voetbalschoenen ging haar schrik over in boosheid.

'Natuurlijk ben jij weer degene die ons op kosten moet jagen.'

Ik wist toen al dat ik mijn moeder niet naast de andere ouders op het voetbalveld zou zien staan.

Enkele weken later was het zover. De eerste training van het seizoen bestond uit een oefenwedstrijd.

Ik durfde niet met de andere kinderen te praten en verlegen liep ik met mijn teamgenoten het veld op. Omdat ik nog nooit met leeftijdgenoten had gevoetbald was het nog maar de vraag of ik goed genoeg was voor het elftal. Ik wist met de grote jongens nauwelijks een bal te raken, heel veel balgevoel had ik dus niet.

Het fluitsignaal klonk en het duurde niet lang voor ik de bal kreeg toegespeeld. Ik wipte de bal met de punt van mijn schoen een stukje omhoog en zag dat er een zee van ruimte voor mij lag. Ik schopte de bal richting het doel van de tegenstander, met het idee dat er wel een teamgenoot naartoe zou rennen. Maar de bal was te ver weg. Iedereen keek raar op van de wilde trap die ik zojuist gaf. Ik snapte niet waarom niemand naar de bal rende en dus deed ik het zelf maar. Bij elke stap die ik zette, ging ik iets sneller, de wind suisde in mijn oren, toch hoorde ik de stemmen van het publiek langs de zijlijn. Kreten van verbazing werden geuit, waardoor ik nog harder ging rennen.

We wonnen de wedstrijd met 6-2. Ik scoorde niet maar gaf wel twee voorzetten waar een doelpunt uit viel. Hoewel het een goede uitslag was, werd er alleen maar gesproken over die jongen van Paleaux met zijn onvoorstelbare snelheid.

Al snel kwam ik in een hoger elftal en leerde daar mijn nieuwe voetbalvrienden kennen.

Met Dennis en Jan kon ik het vanaf de eerste training het beste vinden, maar eigenlijk was iedereen in de ploeg mijn vriend. Vandaag moesten we laten zien dat we niet alleen een vriendengroep waren, maar vooral een hecht team. Ongeduldig stonden we voor de deur van de kleedkamer te wachten tot we naar binnen mochten. In de steeds groter wordende mensenmassa langs het veld zocht ik naar mijn vader. Onze trainer, meneer Roy, gebaarde dat we de kleedkamer binnen moesten komen – daar kregen we een tactische bespreking en konden we onze laatste voorbereidingen treffen. Ik pakte mijn voetbalschoenen en stak mijn hand in mijn tas om de geitenwollen sokken te pakken. Ik voelde helemaal niks. Terwijl meneer Roy op het krijtbord de opstelling vertelde, kreeg ik het warm en koud tegelijk. Zonder mijn geitenwollen sokken waren mijn voetbalschoenen te groot en voelde ik ze bij elke stap heen en weer schieten.

'Lex, opletten of op de reservebank plaatsnemen!' Meneer Roy schreeuwde mij vanuit mijn paniek terug de kleedkamer in. Ik bond mijn schoenen zo strak mogelijk en met een dubbele knoop vast. Onder luid gejuich van het publiek renden we het veld op.

De wedstrijd verliep niet naar de zin van meneer Roy, hij schreeuwde ons allemaal aanwijzingen toe. Mijn schoenen zaten ondanks de dubbele knoop te los en ik probeerde zoveel mogelijk de bal te vermijden. Vanuit mijn ooghoeken speurde ik de randen van de velden af. Ik hoopte mijn vader te zien, hij zou dan thuis nog een extra paar sokken kunnen halen, maar ik zag hem niet. Ik concentreerde mij op de wedstrijd, waar Dennis zojuist een vrije trap had genomen. De keeper van de tegenpartij greep de bal klemvast uit de hoek. Ik stond op dat moment op het middenveld en keek naar de overkant waar mijn medeverdediger hoorde te staan. Tot mijn verbazing was hij mee het strafschopgebied in gelopen.

De keeper van de tegenpartij zag dat de verdediging op mijn schouders rustte. Hij trapte de bal ver uit. Met een hoge stuit landde de bal voorbij de middenstip. Daar werd hij door de rechtsbuiten in één vloeiende beweging meegenomen. Ik stond als aan de grond genageld toen ik Dennis hoorde schreeuwen:

‘Lex! Pak hem, hij is voor jou!’

Ook mijn andere teamgenoten gebaarden wild dat ik moest gaan rennen. Mijn lijf leek in slow motion te bewegen.

De noppen van mijn schoenen groeven zich bij elke stap dieper in het gras en de modder spatte omhoog. Ik ging steeds sneller en stak diagonaal het veld over.

Net als de torenvalk op de poster boven mijn bed, die zijn prooi vanuit de lucht in duikvlucht aanviel, zo hield ik mijn focus op de rechtsbuiten van de tegenpartij. Het publiek schreeuwde zo hard het kon, zowel voor hem als voor mij. Hij bereikte de rand van de zestien meter, keeper Jan gooide zijn sterke lijf voor de bal. De speler van de tegenpartij remde de bal met de zool van zijn schoen af, waardoor Jan volledig misgreep. Hij tikte de bal naar rechts en haalde uit met zijn blik op het lege doel gericht. Jan strekte in een laatste poging zijn handen toen hij mij in razend tempo voorbij zag sprinten. Terwijl de tegenstander zijn been naar achteren zwiepte, strekte ik mijn rechterbeen naar voren. Het vochtige gras onder mijn schoenen deed de rest van het werk, ik gleed naar de bal. De rechtsbuiten schopte zijn been met alle kracht die hij in zich had naar voren, dit doelpunt zou hem onsterfelijk maken...

Het gejuich langs het veld was oorverdovend. Spelers renden onze kant op. Keeper Jan was opgestaan en stak zijn hand uit om mij overeind te trekken, ik lag verdoofd op de grond. Hij pakte mij met zijn keepershandschoenen bij mijn schouders en schreeuwde iets in mijn gezicht. Het was alleen net of ik onder water zwom en mijn oren verstopt zaten. Ik zag zijn mond wel bewegen, maar de woorden drongen niet tot mij door. Hij herhaalde: 'Je bent fantastisch!'

De schoen die de bal als laatste had geraakt was mijn schoen. De corner die volgde vloog hoog over en niet lang daarna floot de scheidsrechter voor het rustsignaal.

We dronken in de rust thee uit een plastic bekertje, mijn banaan had ik maar voor de helft op. Ik was te nerveus voor de tweede helft die komen ging. Jan had, wat hij eigenlijk altijd deed, mijn boterham met kaas opgegeten.

'Het is tijd.' De drie woorden die meneer Roy zei, hadden veel meer betekenis dan simpelweg aangeven dat het tijd was voor de tweede helft. Als één man stonden we op. Nog een helft te gaan en dan wisten we of we onszelf kampioen mochten noemen.

De tweede helft was een kopie van de eerste. Het spel golfde heen en weer en met geen mogelijkheid viel te zeggen wie nou de betere was. Meneer Roy rende bijna de hele wedstrijd langs de zijlijn met ons mee. Hij wees, schreeuwde en gebaarde de aanwijzingen die ons naar de overwinning moesten helpen.

Dennis zat totaal niet in de wedstrijd en dat kwam tot een dieptepunt toen hij een sprint trok. Zijn knie schoot op slot en hij gilde het uit van de pijn. Het gevolg was dat we onze sterspeler moesten missen. Keeper Jan nam de aanvoerdersband van Dennis over en schreeuwde ons toe dat we de kop erbij moesten houden. Er werd door de trainer wat geschoven om Dennis zijn plek zo goed mogelijk op te vangen. Zonder Dennis z'n geweldige vrije trappen voelden we ons een stuk minder zeker, de tegenstander kreeg dit ook door. We stonden met de rug tegen de muur en met nog tien minuten te spelen voerde de tegenpartij de druk enorm op. Ze wisselden een verdediger voor een extra aanvaller. Keeper Jan bokste de ene na de andere bal uit zijn doel. Duikend, schreeuwend en met een woeste flikkering in de ogen hield hij zijn doel schoon en ons scherp. De zoveelste corner zorgde ervoor dat bijna alle spelers van beide partijen als bijen rond Jan z'n doel zwermden. De bal werd hoog het zestienmetergebied in geschoten, waar ik net twee meter buiten stond. Mijn taak was om de bal, als ik hem voor mijn voeten kreeg, zo ver mogelijk weg te schieten. Keeper Jan sprong omhoog en zijn schreeuw om de bal los te laten was op alle velden te horen. Zijn vuisten stompten de bal voor het hoofd van de spits weg. De bal stuiterde van zijn handen en kwam recht op mij afgevlogen. Ik liep drie passen naar achteren en ving de bal met mijn borst op. Ik werd gelijk omringd door drie spelers van de tegenpartij. Ik draaide naar rechts en zag dat ik hetzelfde uitzicht had als bij mijn allereerste wedstrijd... Een zee van ruimte.

De rechterkant van het veld lag volledig open. De trainer had mij een duidelijke taak gegeven en ik wist dat ik daar niet van af mocht wijken.

Ik nam de bal een paar passen mee en schoot hem toen een meter of vijf voor mij uit. Ik rende er achteraan en keek opzij naar het gezicht van meneer Roy. Zijn vuisten waren gebald en zijn ogen groot. Hij opende zijn mond en schreeuwde zijn belangrijkste aanwijzing van de wedstrijd: 'Rennen Lex, rennen!'

De wind die door mijn snelheid in mijn ogen prikte deed de

tranen over mijn wangen stromen, ik veegde ze weg met de mouw van mijn voetbalshirt. Een achtergebleven verdediger zette een sliding in, ik wipte de bal met de punt van mijn schoen omhoog om aan het zwevende been te ontkomen. Met mijn knie duwde ik de bal naar voren terwijl de tegenstander onder mij door gleed. Ik sprong zo hoog mogelijk om zijn gestrekte been te ontwijken, maar bij de landing ging het mis. Ik kwam verkeerd terecht en mijn enkel klapte dubbel. Hoewel ik de pijn niet voelde, gleed mijn voet uit de voetbalschoen. Ik rende op één voetbalsok en één voetbalschoen nog enkele meters door maar besefte dat ik geen keuze had. Ik rukte, al hinkelend, met beide handen de andere schoen ook uit. De bal leek aan mijn sokvoeten gekleefd en omdat ik geen extra gewicht van de schoenen mee hoefde te dragen, rende ik harder dan ooit tevoren. Ik voelde de hand van een verdediger die aan de mouw van mijn shirt trok om mij uit balans te brengen. Met een kreet rukte ik mij los en rende verder, recht op mijn doel af.

Ik zag nog één verdediger op mij afkomen. Het gebrul van het thuispubliek en de meegereisde supporters was oorverdovend en nog harder dan bij mijn sliding in de eerste helft. Ik voelde geen pijn in mijn enkel en ondanks het gebrek aan noppen leek ik iets van grip te hebben. Nog één laatste hindernis voor ik oog in oog met de keeper van de tegenpartij kwam te staan. Ik hoorde hoe de spelers van beide teams achter mij aan renden. Sommigen schreeuwden mijn naam, anderen riepen dat ik moest schieten. De verdediger en ik waren nu op enkele meters van elkaar verwijderd en ik wist dat ik maar één kans zou krijgen. Ik schoot de bal met een kort tikje naar rechts, met dezelfde snelheid als de bal draaide ik links om de verdediger heen. Hij tolde letterlijk in het rond en toen hij de jacht op mij weer inzette was het al te laat. Ik rende het zestienmetergebied binnen. Het doel leek groter dan ooit. Ik hield mijn pas voor een moment in.

'Lex, schiet!'

De wreef van mijn voet raakte de bal en ik voelde het leer afketsen. Terwijl de bal door de lucht vloog besefte ik wie de laatste verdediger was die ik op zijn voeten had laten tollen. Het was de keeper.

Ik hoorde een oorverdovend gejuich van mijn teamgenoten en het thuispubliek. De bal lag in de hoek van het doel. Ik draaide mij om naar mijn team, dat als één man op mij kwam afgerend. Ik spreidde mijn armen en wist van geluk niet waar ik het zoeken moest.

Ik rende naar de zijlijn en sprong recht in de armen van meneer Roy. Hij tilde mij boven zich uit en ik zocht in de springende mensenmassa naar mijn vader. Hoewel de wedstrijd nog niet ten einde was, renden alle supporters het veld op om mijn doelpunt met ons te vieren.

'Je bent een held, Lex!' Leunend op de schouder van zijn vader hoorde ik Dennis die vijf magische woorden zeggen.

Het kostte de scheidsrechter enkele minuten om iedereen weer van het veld te krijgen zodat we de wedstrijd uit konden spelen. Niet lang daarna klonk het eindsignaal. We waren kampioen geworden.

Ik vroeg aan de andere ouders of ze mijn vader hadden gezien, maar dat was niet zo. Na het douchen mochten we in de kantine patat bestellen met iets te drinken erbij. Ik nam patat met pindasaus en een flesje AA-drink. De kantine keek uit over de velden en ik zag de terreinknecht het veld weer in orde brengen voor de volgende wedstrijd. Ik veerde op uit mijn stoel toen hij werd aangesproken door een kleine man met een grote bos zwart haar met een beetje grijs erin. Ik bonsde op de ramen en schreeuwde door de kantine: 'Papa, we zijn kampioen geworden en ik ben een held!'

Maar de ramen waren van dubbel glas, waardoor hij mijn vreugdekreten niet hoorde. Mijn vader keek op zijn horloge, gaf de terreinknecht een hand en liep terug naar de parkeerplaats.

Later die middag werden we op een platte kar achter een trekker door het dorp gereden. De mensen zwaaiden, staken een duim omhoog en applaudisseerden. Sommigen riepen mijn naam en zeiden dat ze trots op mij waren. Ik glunderde bij die woorden en zat naast Dennis die, ondanks de pijn, een grijns van oor tot oor had.

Toen we langs mijn huis reden, werd het ongemakkelijk stil op de platte kar. Er kwam niemand naar buiten en er werd ook niet vanachter de ramen naar ons gezwaaid. Ik voelde de blikken van mijn teamgenoten, ik besloot te doen alsof ik het niet merkte. Keeper Jan kwam naast mij staan, hij sloeg zijn arm om mijn schouder, dat vond ik lief.

De maandag na het behalen van het kampioenschap was er nog een afsluitende training van het seizoen. We moesten ons melden in de kleedkamer. Meneer Roy stond ons op te wachten. Hij vertelde hoe trots hij op ons was als team, dat we het afgelopen seizoen voor elke meter hadden geknokt en als echte mannen op het veld stonden.

'Lex, hoewel we dit met zijn allen gedaan hebben, wilden we jou als team toch extra in het zonnetje zetten en bedanken.' Terwijl de trainer mij een grote doos overhandigde, kwamen mijn teamgenoten om mij heen staan. Iedereen zat in het complot bij deze verrassing. Dennis nam namens het team het woord en alle jongens keken gespannen toe hoe ik zou reageren.

'Hoewel je blijkbaar beter zónder dan mét voetbalschoenen speelt, willen we je voor volgend seizoen toch liever met perfect passende schoenen zien rennen. We hebben met zijn allen meebetaald en we hopen dat je er blij mee bent.'

Ik opende voorzichtig de doos en zag het logo van Adidas op de zijkant van de schoenen gestikt staan. Ik aaide over de drie strepen en keek vol bewondering naar de nieuwe voetbalschoenen. Ik wilde meneer Roy en mijn teamgenoten bedanken, maar ik kon de juiste woorden niet vinden. Uiteindelijk zei ik maar wat als eerste in mij opkwam en wat ik zag... 'De Franse vlag.'

9
AARDAPPELCROQUETTEN

Boven de waterput in de bijkeuken hangt een oude geiser. Het blauwe vlammetje zorgt ervoor dat we warm water in de keuken en badkamer hebben. Als we de warme kraan opendraaien om af te wassen en er staat tegelijkertijd ook iemand te douchen, wordt het water in de badkamer koud. Soms gaat het vlammetje uit, dat gebeurt als er een windvlaag binnenkomt door de achterdeur. Mijn vader laat mij dan de geiser weer aansteken. Ik klim dan op de waterput, druk het knopje met het rode vlammetje in en houd een brandende lucifer in de opening. Met een grote blauwe vonk schiet de waakvlam weer aan. Naast de waterput zitten twee kleine treden die je naar de keuken brengen. Als ik op de onderste trede stap en de keukendeur open voel ik een windvlaag.

Mijn oudste broer had een vriendin, ze heette Jorinde en ze kwam uit de grote stad. Met haar blonde haren en felblauwe ogen zag ze er precies zo uit als de meisjes van ons dorp, maar omdat ze uit de stad kwam, praatte ze heel erg netjes. Wij gingen in de zomer wel eens met een bootje varen. Jorinde niet, die zat 'op zeilen'. Bij pake en beppe aten we tussen de middag een boterham met kaas, Jorinde noemde dat 'lunchen'. Als mijn wekker 's ochtends ging was dat het begin van een nieuwe schooldag. Jorinde had het nooit over school, zij sprak altijd over 'het gym'. Eerst dacht ik nog dat ze erg goed in gymnastiek was, pas maanden later hoorde ik dat 'het Gym' de afkorting was van 'het Gymnasium'. Dat is net zoiets als de mavo waar mijn broers naartoe gaan, maar dan voor slimme kinderen. Jorinde woonde in Leeuwarden in een groot huis met een elektrisch hek, dat had ze ons verteld. Wij hadden ook een hek maar dat moest je openduwen met je handen. Omdat de scharnieren verroest waren, mochten we er van mijn vader niet aankomen. Het stond altijd open.

Jorinde was bijna elk weekend bij ons thuis. Op vrijdagmiddag haalde mijn broer haar op van het treinstation. Ze gingen dan meestal op zijn kamer zitten om muziek te luisteren en te kussen. Dat wist ik omdat de stereo dan harder werd gezet. De muziek overstemde de smakgeluiden. Ik vond het een bijzonder smerige gewoonte en wist zeker dat ik dat later nooit zou doen.

Het vaakst draaiden ze de cd van de Tröckener Kecks.

Alleen het liedje 'Met hart en ziel' vond ik leuk. Op de andere liedjes klonk de zanger alsof hij een verstopte neus had. Jorinde mocht niet bij mijn broer op de kamer slapen, volgens mijn moeder was dat 'de kat op het spek binden'. Ik begreep niets van die zin, onze kat at alleen maar brokjes, maar ik denk dat het iets met zondigen te maken had. Als Jorinde er door de week niet was bad mijn moeder dat mijn broer niet zou bezwijken voor 'vleselijke lusten'. Ik verbeterde haar een keer door na het gebed te zeggen dat ze zeker 'vreselijke lusten' bedoelde. Mijn vader verslikte zich in de bonensoep en mijn moeder zei dat ik mijn mond moest houden. Jorinde bad thuis niet voor het eten en op zondag ging ze ook niet naar de kerk. Als ze bij ons thuis was, keek ze tijdens het bidden strak voor zich uit. Dat weet ik omdat ik stiekem naar haar keek. Op zondag gaan we twee keer naar de kerk, als Jorinde bij ons was moest ze dus mee. In het begin deed ze dat nog wel, maar na een tijdje ging ze steeds vaker op zaterdagavond terug naar haar huis met het elektrische hek.

'De Here zegen u, en behoede u! De Here doe Zijn aangezicht over u lichten en zij u genadig! De Here verheffe Zijn aangezicht over u en geve u vrede... Amen!'

Dominee Wesseling had een langwerpig gezicht en zijn grijze haar zat in een strakke scheiding. De ronde bril danste op het puntje van zijn neus als hij de zegen uitsprak.

Met gespreide armen liet hij de laatste zinnen dreunen. Gods echo weerklonk in de stem van de dominee door het oververhitte kerkgebouw.

Een zucht van opluchting klonk door de gereformeerde kerk in Bergum. Het was een warme lentedag en Gods huis beschikte niet over airconditioning. Na de dienst gingen de volwassen mensen samen koffiedrinken, de jongeren stonden in hun zondagse kleding bij de brommers en fietsen. Meestal stonden mijn broers en ik daar ook bij.

Vandaag wilde mijn oudste broer het liefst zo snel mogelijk naar huis en had hij geen interesse voor de glimmende Honda MTX van de zoon van de dominee. Jorinde kwam met haar ouders bij ons eten en dat was interessanter dan de Honda. Mijn broer had het hele weekend over niks anders gesproken. Ik begreep de ophef niet zo goed.

Toen we de straat van ons huis in reden stond Jorinde met haar moeder op de oprit. Jorinde zwaaide vol enthousiasme. Ze droeg een korte rok met ruitjes en een wit shirtje met knoopjes. Het shirtje zat strak en scheen een beetje door, je kon haar bh daardoor zien zitten. Het bovenste gedeelte van de bh leek op de vitrage van mijn oma. Ik werd daar nerveus van, niet per se omdat ik het mooi vond, maar omdat mijn moeder op de voorstoel van de auto zwaar begon te ademen.

'Ongehoord en onfatsoenlijk!' siste ze.

De vader van Jorinde leunde tegen zijn auto, het was een groene Mercedes met bruinleren stoelen. Terwijl mijn vader, met één hand aan het stuur, de oprit op reed zag ik hem met een schuin oog naar de auto kijken.

'Mooie auto hè pap?!' Ik wipte enthousiast op de achterbank op en neer, waarbij ik mijn vader bij zijn schouders pakte.

'Stilzitten!' brieste mijn moeder. Met flikkerende ogen keek ze mij via de binnenspiegel van de auto aan.

Jorinde liep voor ons uit naar de garage. Haar moeder had een lichtblauwe jurk en ze liep op schoenen met heel hoge hakken. Af en toe wiebelden haar enkels, dat kwam doordat haar hakken tussen de randen van de tegels zakten. Ik vond het heel erg knap dat ze niet viel. Ik had nog nooit een moeder zo mooi zien lopen.

'Mooie jurk,' mompelde mijn vader.

Mijn moeder porde hem met haar elleboog in zijn zij, waarom weet ik niet.

Onze tuin was heel diep en had verschillende plekken waar je kon zitten. Als de zon onderging was het in de verste hoek van de tuin nog lekker warm. We hadden een seringenboom die volgens mijn vader al dertig jaar oud was. Ik wist niet dat bomen zo oud konden worden. De pruimenboom in de voortuin en de sering waren mijn lievelingsbomen. De bloesem liet in het voorjaar de sering op een grote witte luchtballon lijken.

Mijn middelste broer was na de kerk met een vriend meegegaan en zou daar vanavond blijven eten. Wij aten met zijn allen in de tuin. Dat maakte mij blij, want er was aan de buitentafel veel meer te zien dan binnen en daardoor werd er minder op mij gelet.

We waren met een grote groep en hadden dus een lange tafel nodig. Samen met mijn moeder tilde ik een grote houten deur uit de garage waar we twee schragen onder zetten. Daarna dekte mijn moeder de deurtafel met het tafellaken dat alleen op zondag werd gebruikt en daardoor nog het witste was. We haalden de stoelen uit de woonkamer en nog twee klapstoeltjes uit de bijkeuken. Ik trok een keukenkastje open om de borden te pakken, maar mijn moeder gebaarde mij dat ik het servies uit de antieke kast in de woonkamer moest pakken. Dat servies gebruikten we alleen met kerst om de geboorte van Jezus te vieren. Vandaag was het alleen lente en nog lang niet Jezus Zijn verjaardag.

Ik liep met de stapel borden zo voorzichtig mogelijk naar de tuintafel. De stemmen van de buren waren goed hoorbaar en terwijl ik de borden over de tafel verdeelde merkte ik de geur van verbrande houtskool op. De buren gingen barbecueën. Wij aten cordon bleu, dat had ik nog maar één keer eerder gegeten en ik vond het heel bijzonder smaken. Bij het vlees serveerden we twee verschillende soorten groenten: verse sla met tomaten, stukjes augurk en gekookte eieren en bloemkool met een sausje.

De frituurpan was door mijn moeder gevuld met verse olie en stond op het vuur om aardappelkroketten te frituren. Ik vond het gepruttel bij de eerste onderdompeling altijd feestelijk klinken.

Mijn moeder keek met een glimlach toe hoe iedereen lekker zat te eten. Ze sprak met Jorinde en haar moeder over een taartrecept. Verheugd luisterde ik mee, mijn moeder kon alleen maar droge cake bakken. Als ze straks ook wist hoe ze een taart moest bakken kon ik misschien een zelfgebakken taart voor mijn verjaardag vragen.

Hoewel we het vlees op hadden, was er nog genoeg groente voor een tweede portie. Mijn vader vroeg wie er nog een keer op wilde scheppen. Zeven vingers flitsten de lucht in en iedereen moest lachen.

Jorinde stond op. 'Zal ik nog wat van die overheerlijke aardappelcroquetten in de frituurpan leggen?'

Ik moest giechelen omdat ze zelfs 'aardappelkroketten' deftig kon zeggen. Mijn moeder porde in mijn zij – iemand uitlachen was niet beleefd en al helemaal niet in gezelschap. Ik voelde dat ik rood werd en keek naar mijn zondagse schoenen. Jorinde had mijn gegiechel gelukkig niet gehoord. Mijn vader vertelde over zijn jeugd en iedereen luisterde ademloos naar de verhalen, die zich in Zuid-Frankrijk afspeelden. Van het zware werk in de wijngaard, tot de keer dat hij door een slang in zijn hand gebeten was.

Hoewel ik dat verhaal maar al te goed kende, was het net alsof ik het voor de eerste keer hoorde. Mijn vader kon ontzettend goed vertellen en ik zag het voor mijn ogen gebeuren.

Mijn vader was bezig het aangespoelde hout uit de rivier bij zijn ouderlijk huis te verzamelen. Het gekronkelde kreupelhout was perfect om het vuur aan te maken voor de houtoven. Mijn vader stond als dertienjarige jongen tot zijn enkels in het heldere water, de zomerzon brandde in zijn nek toen hij een grote tak zag liggen. Op het moment dat hij de tak met twee handen optilde wikkelde die zich rond zijn armen. De tak was een waterslang, niet giftig maar wel heel erg sterk. Mijn vader gilde om hulp. Zijn broer rende op hem af en hij schreeuwde naar mijn vader...

'Hé buren, zijn jullie ook aan het barbecueën?' De stem van buurman Hoekstra doorbrak ruw mijn vaders verhaal.

Tussen onze tuin en die van de buurman zit de tuin van buurvrouw Boschra, zij is al oud en houdt niet van warme dagen.

Dan zit ze in de achterkamer met een *Margriet* zichzelf verkoeling toe te wapperen. Naast haar woont de familie Hoekstra. Vader en moeder met hun zoon Johan en dochter Geke. De buurman wees met zijn hand naar ons huis. Hoewel zijn vraag als grap bedoeld was, klonk er toch ongerustheid in zijn stem. Mijn ogen volgden zijn uitgestrekte hand.

Uit de ramen van ons huis kwamen dikke rookwolken naar buiten. Mijn moeder stond op en rende van tafel, ik rende achter haar aan, gevolgd door mijn vader.

In een flits herinnerde ik mij een spreekbeurt van mijn beste vriend van de basisschool. Zijn vader was brandweerman en zijn spreekbeurt ging over vuur. Hij vertelde over verschillende branden. Van een bosbrand, tot een woningbrand, ze waren allemaal spannend en gevaarlijk. We hingen aan zijn lippen. Hij vertelde ook dat zuurstof heel belangrijk was voor vuur om te branden. Het moeilijkste woord van de spreekbeurt: 'backdraft'. Hij vertelde dat het vuur was dat in een dichte ruimte brandde. Zelfs zonder zuurstof werd de ruimte met brandbare gassen gevuld. Als dit lang genoeg duurde, kon er een heel grote ontploffing komen. Trillende ramen, roetdeeltjes en gele of bruine rook waren belangrijke tekens dat je heel erg moest uitkijken voor een explosie. Het enige wat daarvoor nodig was? Zuurstof.

Ik rende mijn moeder voorbij en zag de achterdeur wagenwijd openstaan. De bijkeuken werd van de keuken gescheiden door een houten deur aan het begin van de twee treden. Die deur stond meestal open, maar nu niet. Nadat Jorinde de aardappelkroketten in de frituurpan had gedaan, had ze de keukendeur achter zich gesloten. Ik struikelde en viel door de achterdeur op handen en knieën de bijkeuken in.

Een waterval van rook kwam onder de keukendeur langs de twee treden naar beneden. Het drong mijn neusgaten binnen. Het prikte en ik wilde hoesten, tot ik de kleur zag. Mijn adem stokte, de rook was geel.

'Lex, wegwezen!' Mijn moeder sprong over me heen en greep naar de deurklink. Haar gegil overstemde het geknetter van het vuur. De vlammenzee in de keuken had de deurklink gloeiendheet gemaakt. Ik greep haar enkel en voelde haar zondagse rok langs mijn hand glijden.

'Mama, niet naar binnen gaan, er is gele rook!'

Mijn moeder schopte mij van zich af.

'Haal Lex hier weg!'

Mijn vader trok mij aan mijn enkels bij de achterdeur vandaan.

Ik schreeuwde en huilde, wees naar mijn moeder, riep dat ze de deur dicht moest laten maar het was te laat. Met haar vest om haar hand gewikkeld sloeg ze de deurkruk naar beneden en duwde hem open. Heel even was er niets dan stilte...

Dominee Wesseling las eens een stuk voor uit Psalm 29.

'De Bijbel zegt dat Gods stem als een hamer is die rotsen verbrijzelt, een verterend vuur, als de donder die over de wateren weerklinkt en die bomen in tweeën splijt.'

Ik heb altijd gedacht dat Gods stem klonk als die van pake. Toen hij mij uit de vijver viste en zijn stem mijn naam riep, voelde dat aan als een warme omhelzing.

De geopende keukendeur gunde mijn moeder een blik op het verterende vuur. De stilte die volgde nadat mijn moeder de deurkruk naar beneden had geslagen, voelde alsof God Zijn adem inhield. Alsof Zijn longen de zuurstof vanuit de geopende keukendeur diep inademden, met als enige doel Zijn stem te laten weerklinken. Een stem die mij op geen enkele manier deed denken aan pake. Het leek in de verste verte niet alsof ik omhelsd werd door de warmte van Gods woord. Na er jaren naar gezocht te hebben hoorde ik Gods stem op deze warme zondagavond voor het eerst. Een donderend geraas weerklonk door de keuken. Een bal van vuur, die de hele keuken en bijkeuken vulde, vloog via de achterdeur naar buiten. Ik voelde de hitte van de vlammen over mijn rug glijden.

Zonder aarzelen sprong mijn vader over mij heen, het hellevuur tegemoet, om mijn moeder te redden. Toen God voor een laatste maal Zijn stem door ons huis liet galmen klonk het als onweer. De rook prikte in mijn ogen en ik hoorde mijn vader om mijn moeder schreeuwen. Zijn geschreeuw ging over in gillen, iets wat ik een man nog nooit had horen doen. Met mijn moeder aan zijn arm rende mijn vader naar buiten. Er sloeg gele rook van haar zondagse rok, haar blonde haar was verschroeid en helemaal kort.

De korte mouwen van haar witte blouse zaten aan haar schouders vastgeplakt. Het vel op haar armen bubbelde en gleed als een chique galahandschoen naar beneden. Het vet van de frituurpan bedekte haar handen als gesmolten kaarsvet, maar ze leek geen pijn te voelen. Met grote ogen staarde ze voor zich uit. Mijn vader rolde over de grond, de vlammen op zijn benen wilden maar niet doven.

Zijn gegil leek een eeuwigheid te duren. Mijn broer en ik probeerden met onze vingers de plakkerige stukken brandend vet van zijn benen af te trekken. Maar met het vet trokken we ook stukken vel van zijn benen, door de pijn raakte mijn vader bewusteloos.

Van alle kanten kwamen er mensen aangerend om hulp te bieden. Terwijl de vader van Jorinde voor mijn moeder zorgde, ondersteunde buurman Hoekstra mijn vaders hoofd. De straat was inmiddels gevuld met de rook die uit alle ramen van het huis naar buiten kwam. Ik probeerde door het achterraam van de woonkamer naar binnen te kijken.

Ik zag alleen maar rook en hoorde iedereen schreeuwen. Boven de paniek van alle volwassenen uit hoorde ik ineens nog een geluid.

In de woonkamer stond een grote antieke kast. Vol fotoboeken, spelletjes, het tafellinnen en alle rekeningafschriften van de Rabobank. Dit was denk ik het belangrijkste meubelstuk in huis. Voor mij in ieder geval. Elke dag na schooltijd tilde ik een stoel van de eettafel naar de antieke kast.

Zo was ik precies lang genoeg om mijn parkiet met kooi en al van de kast te tillen. Hij heette Parko. Zijn veren waren felgeel met appeltjesgroen. Van mijn moeder mocht hij een uur per dag door het huis vliegen, maar na een half uur was hij vaak al moe. Dan rustte hij uit op de lamp boven de eettafel. Als ik mijn hand voor hem hield, sprong hij opgelucht op mijn wijsvinger. Via mijn arm liep hij over mijn schouder, met zijn gekromde snavel trok hij zich over de kraag van mijn trui. Nadat hij zijn geel met groene verendek had gepoetst viel hij meestal in slaap.

Ik maakte mijn huiswerk terwijl mijn vogelvriendje zachte parkietgeluiden maakte.

Het was één grote chaos, iedereen schreeuwde en rende door elkaar heen. Door het zijraam krijste Parko zo hard als hij kon. Ik wist dat ik de enige was die hem kon redden en sprintte naar de voordeur, achtervolgd door de stem van mijn moeder: 'Lex, hier blijven!'

Geen haar op mijn hoofd die daaraan dacht; ik moest Parko redden. Ik rende naar de voordeur en probeerde hem met mijn volle gewicht open te duwen. Het was onbegonnen werk, de deur was van massief eiken. Mijn gewicht deed alleen de brievenbus een beetje rammelen. Met de moed der wanhoop nam ik een aanloop. Ik deed een aantal stappen achteruit, zette mij af tegen de rand van een stoeptegel en rende zo hard ik kon op de voordeur af. Met mijn ogen dicht probeerde ik de klap zo goed mogelijk op te vangen.

'Lex, weg jij!' Het was buurman Hoekstra. Zijn been was net iets eerder dan ik bij de voordeur. Hij trapte hem open waardoor ik zonder problemen over de kokosmat naar binnen rolde.

De gang stond vol rook en ik voelde roetdeeltjes op mijn gezicht en armen dwarrelen. Ik hapte naar adem. Ik wees de gang in en riep Parko's naam. De buurman duwde mij naar buiten en verdween in de mist van rook en as. De seconden duurden uren. Hoestend en met zijn hand voor zijn mond kwam hij weer naar buiten. Onder zijn arm hield hij de vogelkooi geklemd. Parko's veren hadden hun groene glans verloren, ze waren bedekt door een laagje roet. Hij opende en sloot zijn snavel, alsof ook hij naar adem leek te happen.

In de verte hoorde ik de brandweer en ambulance met gillende sirenes dichterbij komen. De brandweerauto reed met grote snelheid de oprit van ons huis op. Hij raakte ons hek, de scharnieren braken als takjes af, waarbij de twee hekdelen onder de banden van de brandweerauto terechtkwamen. De ambulance stond op de stoep, de zwaailichten weerkaatsten in de ramen van de andere huizen. Terwijl de brandweermannen ons huis gingen blussen en de ambulancebroeders mijn ouders verzorgden, dacht ik alleen maar aan Parko.

Ik nam hem voorzichtig in mijn hand. Eerst was ik nog bang dat hij weg zou vliegen, maar hij was te versuft om te bewegen. Zijn kleine ogen knipperden.

Ik spoelde hem af met het water uit de kan van de mooi gedekte tafel, depte zijn veren droog met de zondagse servetten. Die waren nog van mijn Franse oma geweest en gemaakt van echt linnen. Op elk servet stond in de linkerhoek de letter P van Paleaux. 'Of de "P" van Parko...' Een gedachte die in alle lawaai en drukte geruisloos door mijn hoofd dwarrelde.

Mijn ouders werden met twee verschillende ambulances afgevoerd. Jorindes moeder werd door haar man in de groene Mercedes gezet. Ze huilde. Jorinde en mijn broer zag ik nergens, ik kon me er ook niet druk om maken. Alleen Parko deed ertoe. Hij bibberde en ik drukte hem in mijn hals. Een schok van blijdschap schoot door mij heen toen ik hem een geluid hoorde maken. Heel zacht en net zo geruisloos als mijn gedachten.

Buurvrouw Boschra vroeg of ik een kopje thee bij haar kwam drinken. 'Voor de schrik.'

Maar ik was helemaal niet geschrokken, ik maakte me alleen zorgen om Parko. Aan mijn ouders dacht ik helemaal niet.

Wekenlang kwam dokter Metselaar, de huisarts uit ons dorp, elke dag op bezoek om verbanden te verversen en de brandwonden van mijn ouders in te smeren met een speciale zalf.

Bij zijn eerste bezoek vroeg hij wat mijn moeder had bezield om de brandende keuken binnen te stormen. Mijn moeder haalde haar schouders op en zei dat ze er niet bij na had gedacht.

'Maar toen ik de keukendeur opende en de dood in de ogen staarde, flitste mijn leven wel even aan mij voorbij.'

De dokter knikte instemmend. Dat kon hij zich goed voorstellen.

'Waren het mooie flitsen, mama?'

Mijn moeder keek mij aan en knikte.

'Ja Lex, er zaten hele mooie flitsen bij.'

Dat antwoord stemde mij tevreden, ook al begreep ik niet precies wat ze bedoelde.

Er moesten heel veel dingen geregeld worden. De brandweer had ontdekt dat de frituurpan op hoog in plaats van laag vuur was gezet, waardoor de vlam in de pan was geslagen. Omdat Jorinde als laatste de frituurpan had aangeraakt moest de verzekering van haar ouders de schade betalen. In het begin waren haar ouders nog heel belangstellend, maar al snel waren er moeilijke gesprekken waar ik niks van begreep. Het ging meestal over 'gemaakte kosten' en dingen die de verzekering niet wilde betalen. Jorinde mocht op een gegeven moment niet meer bij ons thuis komen. Dat vond ik jammer. Hoewel ik Jorinde in het begin een beetje raar vond, mocht ik haar graag. Ze vroeg altijd naar mijn voetbalwedstrijden, iets wat mijn ouders nooit deden.

Maanden na de brand zaten we op een vrijdagavond aan tafel. Mijn broer was heel erg stil en staarde met een verdrietig gezicht voor zich uit. Omdat ik niet wist wat er aan de hand was probeerde ik hem op te vrolijken; ik vroeg wat hij en Jorinde dit weekend gingen doen. Hij mompelde alleen wat en schudde zijn hoofd. Mijn moeder legde haar hand op mijn arm. Het verband, dat nog steeds rond haar beschadigde huid zat, voelde ruw aan.

'Jorinde en je broer zijn niet meer samen, zij is nu zijn ex, eet je groente op.'

10
GOD STRAFT ONMIDDELLIJK

Onze keuken heeft witte kastjes en een grijs aanrechtblad. De tegeltjes op de muur zijn beige, net als de linoleumvloer. Voor de brand hadden we een keuken met groene kastjes. De wanden waren bedekt met glimmende steentjes, 'mozaïek' heetten die volgens mijn moeder. In het midden van de keuken stond een oud fornuis met een grote oven. Met kerst draaide daar altijd een rollade aan het spit. De nieuwe keuken vind ik helemaal niet mooi en in deze oven past ook geen rollade. De ontbijtbordjes liggen nog ongewassen in het teiltje. De koperen asbak vol sigarettenpeuken staat ernaast. Mijn moeder is na de brand erg voorzichtig geworden en giet altijd het laatste restje van haar koffie in de asbak. Ik hoor mijn vader de volgende ochtend vaak mopperend de asbak legen. Dat kan niet in de gootsteen, vanwege de sigarettenpeuken, en evenmin in de vuilnisbak, vanwege de koffie. Op het fornuis staat een koekenpan met een restje pasta. Ik neem een hap, zelfs koud is de pasta een dag later altijd lekkerder.

Ik rende over het schoolplein naar de parkeerplaats. Mijn hele familie zat al in de auto te wachten, vanuit school reden we gelijk door naar Frankrijk. Dit jaar gingen we voor het eerst met de caravan.

Na lang sparen hadden mijn ouders een tweedehands caravan gekocht. Hij was van het merk Knaus, geschikt voor vier personen. Er zat een bruine met oranje streep op de zijkant. Met een stekker kon je de caravan met de auto verbinden, waardoor alle lichten het deden. Binnenin zaten een wastafeltje en een gasstel waarop je kon koken. Er zat ook een koelkast in de caravan, die zat vol met eten voor onderweg. Tot mijn vreugde zag ik er ook een fles cola van de Aldi in liggen. Cola kregen we bijna nooit, volgens mijn moeder 'omdat je tanden ervan uit je mond vallen'. Helemaal geloven deed ik haar niet. Ik hoopte dat we vanavond de pasta gingen eten die mijn vader vanochtend had gemaakt. Ik had de grote Tupperware-bak ook in de koelkast zien staan, de bolognesesaus plakte tegen de zijkanten. Verder zaten er in de caravan nog twee tafels met bankjes. 's Avonds klapte je ze in en dan had je twee tweepersoonsbedden.

Ik verheugde mij enorm op de lange reis naar Frankrijk. Normaal gesproken zat ik midden op de achterbank. Ik ben de kleinste van ons drieën en mijn vader moest via de achteruitkijkspiegel het verkeer in de gaten kunnen houden. Deze keer mocht ik de lange reis doorbrengen in de caravan. Dat had mijn vader mij beloofd. Ik zou aan een van de tafels zitten en in mijn *Suske en Wiske*'s lezen.

Ik rende naar de caravandeur, om erachter te komen dat die stevig op slot zat. Tot mijn verbazing zat de hele familie in de auto. Mijn oudste broer stapte uit om mij naar het midden van de achterbank te laten klimmen. Ik weigerde in te stappen.

'Ik mocht toch in de caravan?'

Mijn vader mompelde een verontschuldiging en zei dat je alleen in een camper tijdens het rijden aan een tafeltje mag zitten.

'Als je niet in de caravan mag zitten, waarom kochten jullie dan geen camper!?'

Hoewel ik mijn vraag heel normaal vond, dacht mijn moeder daar anders over. 'Als jij nu niet heel snel gaat zitten, gaan wij zonder jou op vakantie en mag jij de hele zomer alleen thuisblijven!'

Mijn broers lachten mij uit en ik keek boos – zíj konden straks tegen een raam hangen, ik moest de hele reis rechtop zitten en mocht tijdens het slapen niet op hun schouders leunen. Ik staarde voor me uit. Ineens leek een proefperiode 'op mezelf wonen' zo gek nog niet.

Ik dacht alleen net iets te lang na. Mijn moeder zwaaide haar deur open. 'Wil je nou maken dat je in de auto komt?!' Ze probeerde mij een draai om mijn oren te geven. Ik bukte en voelde haar handpalm door mijn haar suizen.

Triomfantelijk kwam ik omhoog. 'Mis, mama!' Ik had zelfs de moed om met mijn wijsvinger in haar gezicht te wijzen. De vakantie begon met een woedeaanval van mijn moeder.

Dat we op de parkeerplaats van mijn basisschool stonden interesseerde haar niet. Haar jongste zoon maakte haar belachelijk, dat was veel belangrijker. Ze greep mijn arm en sleurde me naar de voorkant van de auto.

'Jij moet altijd alles verpesten!' Ze hief haar arm omhoog en ik zag haar trouwring glinsteren in de zon.

Mijn vader stak zijn hoofd uit het raam en probeerde mijn moeder te kalmeren. Dit deed hij niet om mijn pak slaag te voorkomen, maar omdat mijn klasgenootjes op het lawaai waren afgekomen en zich nieuwsgierig bij de parkeerplaats hadden verzameld. Mijn moeders vingers grepen zich vast rond mijn nek. Ze drukte mijn neus tot op de stoeptegels. Ik kon onder de voorbumper door kijken en zag restanten modder die aan de wielkasten waren vastgekoekt.

'Jij gaat netjes achterin zitten en ik wil de hele reis geen kik meer horen!'

Tussen de tegels zag ik kleine stoeptegelbeestjes kruipen. De hitte sloeg van de motorkap af en tegen mijn voorhoofd.

Ik probeerde mij los te wrikken uit de greep van mijn moeder. Ze drukte mijn hoofd tegen de bumper van de auto en ik voelde de scherpe rand van de kentekenplaat tegen mijn wang.

'En nu de auto in!' Ze liet mijn nek los en gaf zelf het goede voorbeeld door in de auto te stappen. Ik wreef mijn knieën schoon en kwam overeind. De kentekenplaat van de auto zat vol met vliegjes en het kostte mij moeite om de cijfers en letters op de gele plaat te ontcijferen, toch lukte het: LR63ZJ.

De reis duurde nog langer dan normaal. Dat kwam doordat we niet harder dan negentig kilometer per uur reden. Volgens mijn vader moest je met een caravan rustig en betrouwbaar rijden – 'Dat zegt de wet'.

Op de drukke wegen werden we voorbijgereden door allemaal andere vakantiegangers. Sommige zelfs met caravan en die reden wel honderdtien kilometer per uur.

Na een tijdje wees ik mijn vader hierop.

Mijn vader was mijn gedrag inmiddels zat. Hij liet de versnellingspook los en greep naar mijn knie. Zijn hand om mijn knie kriebelde meer dan dat die me pijn deed. Ik spartelde alle kanten op. Hierdoor belandde mijn vuist in het gezicht van mijn oudste broer, die een bloedneus kreeg. Mijn moeder gilde en mijn andere broer duwde mij met alle macht van zich af. De caravan slingerde heen en weer, mijn vader schreeuwde in het Frans dat we stil moesten zitten. Als mijn vader boos of bezorgd is, spreekt hij Frans.

Behalve dat ene moment van rumoer verliep de reis rustig, maar langzaam.

In de avond parkeerden we bij een benzinestation. Ik wilde liever op een camping slapen, maar dat vonden mijn ouders te duur.

In de kleine keuken maakte mijn moeder het avondeten. Hamburgers uit een pakje, met macaroni. Ik vond dat een vreemde combinatie, want bij hamburgers horen frietjes of gebakken aardappeltjes en bij macaroni hoort gehakt. Maar na het onrustige vertrek hield ik mij koest en ik at mijn avondeten.

Toen het tijd was om te slapen, sprongen mijn broers op het tweepersoonsbed aan de linkerkant van de caravan, dat bed vonden zij extra speciaal omdat het een schuifgordijn had. Mijn ouders gingen in het andere bed slapen. Ik liep richting het bed van mijn broers maar die duwden mij weg. Mijn vader wees naar het smalle gangpad voor het kleine keukentje.

Op een matje van schuim lag ik even later tussen mijn ouders en broers in. Ik lig graag op mijn zij, maar omdat mijn vader de pootjes onder de caravan niet goed had uitgedraaid, wiebelde de caravan bij de minste beweging. Omdat ik niemand wakker wilde maken bleef ik zo stil mogelijk liggen. Slapen lukte mij niet.

De volgende ochtend vertrokken we voor het laatste deel van de reis.

Toen we later die dag eindelijk op de camping aankwamen wilde ik alleen maar slapen.

Bij het opzetten van de voortent liep ik in de weg. Ik keek toe hoe mijn ouders en broers aan het werk waren. In Nederland heeft mijn vader niks te vertellen, maar op de een of andere rare manier was hij de baas zodra de wielen van de Ford Sierra de Franse grens over reden. Hij schreeuwde in het Frans allemaal bevelen naar mijn moeder en broers die met de voortent in gevecht waren. Ik sliep samen met mijn oudste broer in de voortent, mijn middelste broer had een eigen tentje en mijn ouders sliepen in de caravan. Het grootste deel van de voortent was door mijn oudste broer in beslag genomen. Ik vond het allemaal prima en wilde alleen maar zwemmen in het zwembad.

Het zwembad had geen glijbaan of duikplank . De badmeester

haalde met een schepnet eerst alle vliegjes uit het bad, daarna goot hij uit een wit bakje wat chloor in het water. Als die klus gedaan was, werd het zwembad van de camping voor mij de mooiste plek op aarde. Met mijn knieën opgetrokken tot mijn kin, plonsde ik dan het zwembad in. Ik probeerde zo lang mogelijk onder water te blijven. De wereld om mij heen leek dan helemaal te verdwijnen en ik hoorde niks meer. Dat maakte mij rustig en dat vond ik fijn. Ik denk dat ik het idee had dat als ik niemand kon zien en horen, niemand mij ook kon zien of horen. Het gevoel onzichtbaar te zijn voelde veilig.

Mijn broers waren naar het strand vertrokken, ik liep met mijn handdoek naar het zwembad. Er was veel veranderd sinds vorig jaar. Rond het hele zwembad zat een groot hek en er stonden allemaal strandstoelen aan de rand van het bad. Het zag er ineens heel sjiek uit en ik vroeg mij af of je er nog wel mocht plonzen. Voor het hek stond een groot bord met allemaal regels. Er stond gelukkig niks over plonzen, maar wel dat ik een badmuts op moest. Ik keek naar de kinderen in het badwater. Allemaal droegen ze een badmuts, lichtblauw met een witte streep, of donkerblauw met een witte streep. Aan de zijkant van het zwembad zaten smalle buizen die ervoor zorgden dat het water steeds gefilterd werd, dat moest vanwege de hygiëne. In het voorjaar had een meisje zich afgevraagd of haar hoofd in zo'n buis zou passen. Dat was inderdaad het geval, maar haar lange haar kwam vast te zitten in de afvoer van de buis, waardoor ze bijna was verdronken. En vanwege die idiote actie moest ik nu een malle badmuts dragen. Het grootste probleem zat hem in de aanschaf. Het badmutsje kostte, omgerekend, drie gulden.

Alles wat met geld te maken had zorgde voor irritatie bij mijn moeder. Ik liep terug naar de caravan. Simpelweg vragen om het geld had geen zin. Omdat mijn moeder de hele vakantie tot op de gulden nauwkeurig had berekend, waren onverwachte uitgaven op geen enkele manier bespreekbaar.

Ik wilde haar voorstellen dat ik elke dag de voortent zou vegen, om het geld voor het badmutsje terug te verdienen. Blij met mijn plan liep ik de voortent in op zoek naar mijn ouders.

Het was half vier in de middag en de siësta was voorbij, toch zat het schuifgordijn voor het kleinste van de twee bedden. Ik riep om mijn vader en moeder, maar ik kreeg geen antwoord. Ze zouden in de buurt moeten zijn. Mijn moeders handtas lag op het andere bed, en die zou zij nooit uit het oog verliezen. In die tas zat haar portemonnee en zij ging over het geld.

Ik liep de caravan uit om te kijken of ze misschien bij de buren waren, maar ook daar was niemand te vinden. Dat was ook wel logisch. De meeste mensen waren nu op het strand, of op de markt inkopen aan het doen voor het avondeten. Ik liep de caravan weer in en riep nog een keer om mijn ouders. Het bleef stil, ik keek naar de handtas op het andere bed. Ik zou natuurlijk even kunnen kijken hoeveel Franse muntjes er in haar portemonnee zaten. Mijn moeder zou vast wel begrijpen dat ik het geld echt nodig had. Zonder badmuts zou ze de hele zomer met mij opgescheept zitten, en dat was iets wat ze zeker niet zou willen. Ik opende de portemonnee. Mijn hart klopte in mijn keel. Zowel God als mijn ouders konden mij elk moment betrappen op deze zondige daad. Ik kon nog terug, en de portemonnee netjes weer in de tas doen. Als ik dan vanavond God om vergeving zou bidden, hoefde niemand het verder te weten.

Mijn hoofd tolde en mijn geweten deed mijn maag draaien. Naast Gods toorn was ik misschien nog wel banger voor mijn moeder. Het pak slaag dat mij dan te wachten stond zou niet ophouden na één klap op mijn wang. De gedachte aan haar gillende stem en de wilde blik in haar ogen zorgde voor een rilling over mijn rug. Ik stopte de portemonnee terug in haar tas, draaide me om en liep de caravan weer uit.

In de voortent lag mijn weekendtas. Ik pakte mijn *Suske en Wiske*'s die in een plastic tasje van de Kooistra waren verpakt. Daar zaten eerst mijn nieuw gekochte onderbroeken voor de vakantie in, maar nu bewaarden ze mijn favoriete striphelden. Ik koos *Suske en Wiske en de ruige regen*. Ik plofte op mijn luchtbed en sloeg de eerste pagina open toen ik de caravan voelde bewegen. Blijkbaar wist mijn vader nog steeds niet hoe hij de caravan moest stabiliseren, anders zou hij nu niet wiebelen. Zou er iemand de caravan in zijn geslopen? Het konden mijn ouders niet zijn, want die had ik twee keer geroepen. Ik was ineens bang voor inbrekers en zocht naar iets om mijzelf mee te verdedigen. Ik moest mijn moeders portemonnee uit handen van de dieven zien te houden. Mijn badmuts moest ook uit die portemonnee komen.

Ik zag de badmintonset van mijn broers in de andere hoek van de voortent liggen. Voorzichtig trok ik het racket met de kapotte bespanning eruit, dat was toch al stuk. Met beide handen om het handvat geklemd sloop ik de caravan in.

Ik hoorde zacht gemompel en andere geluiden die ik nog niet eerder had gehoord. Het duurde even voor het tot mij doordrong wat er aan de hand was. De inbrekers hadden natuurlijk mijn ouders vastgebonden en op het kleine bed gegooid. Voorzichtig en met het zweet op mijn voorhoofd schoof ik het gordijn aan de kant.

Mijn moeder was naakt en zat boven op mijn vader. De handen die normaal gebruikt werden om sigaretjes te draaien, mij te slaan of om koffie te zetten, raakten nu mijn vaders harige borst aan. Ook als mijn moeder mij niet sloeg, vond ik het nog steeds niet fijn als ze mij aanraakte, er ging dan altijd een rilling door mijn lijf.

Mijn vader leek ervan te genieten, met zijn ogen gesloten hoorde ik hem zwaar ademen en daarbij kwamen er geluiden uit zijn mond. Hij had een vreemde glimlach op zijn gezicht die ik nog niet eerder bij hem had gezien. Mijn moeder nam zijn plasser in haar hand en verstopte hem in haar. Ze maakte rare bewegingen met haar onderlijf, waarbij ze haar billen wild heen en weer schoof over mijn vaders buik. Ik denk dat ze zijn plasser niet wilde teruggeven. Mijn vader pakte haar borsten en kneep in haar tepels en aan mijn moeders gekreun te horen deed dat behoorlijk veel pijn. Ze had haar armen omhooggestoken, haar vingertoppen leunden tegen een kastje. Ik zag donker haar onder haar oksel, dat verbaasde mij want het haar op haar hoofd was blond.

Van schrik en verbazing liet ik het badmintonracket op mijn vaders been vallen.

Die stopte met het maken van geluiden en deed zijn ogen open. '*Lex, dégage*!'

Ik wilde niets liever dan mijn vaders Franse bevel opvolgen

en oprotten, maar ik was verstijfd. Net als mijn vader, die zijn verstopte plasser weer terug had gevonden en met zwaaiende armen voor mij stond.

Mijn moeder sloeg mij de smalle caravandeur uit. 'Lex, verdwijn!'

Huilend rende ik de voortent uit en verstopte mij achter de wc's. Ik vouwde mijn handen, vroeg God om vergeving en bad dat mijn ouders straks niet meer boos op mij zouden zijn. Nadat ik mijn gebed had gezegd, wandelde ik tot etenstijd over de camping.

Na een paar uur liep ik zo langzaam mogelijk terug.

Vanuit de verte zag ik mijn broers de tafel dekken. 'Lex, blijf met je poten van onze spullen af!' beet mijn oudste broer mij toe. Ik knikte en ging op het klapstoeltje aan het einde van de tafel zitten. Mijn moeder kwam met de fles cola en plastic bekertjes naar de tafel gelopen. Zonder iets te zeggen ging ze naast mij zitten. Een rilling liep over mijn rug, maar gelukkig merkte ze niks op. Mijn vader kwam de voortent uit met een grote koekenpan. De warme damp sloeg ervan af en ik rook de pasta van gister. Bij het opscheppen kreeg ik een extra bal gehakt met heel veel saus.

Mijn broers mopperden dat ze ook meer gehakt wilden, maar het enige wat ze van mijn vader kregen was zijn strenge blik. Ik durfde nauwelijks van mijn bord op te kijken.

Bij het eten van het toetje keek ik mijn vader voorzichtig aan, hij gaf me een knipoog en ik haalde opgelucht adem. Tijdens het gebed bedankte ik God nog eens extra dat Hij mijn zonden had vergeven en mijn gebed had verhoord. Ik kon mijzelf wel voor mijn kop slaan dat ik geld voor het badmutsje had willen stelen. God ziet immers alles en één ding wist ik nu heel zeker: God straft onmiddellijk!

11
DOKTER METSELAAR

Behalve de deur naar de bijkeuken is er nog een deur in de keuken; de deur naar de lange smalle gang. Aan het einde van de gang zit de voordeur met het kleine glas-in-loodraam. Het raam is verdeeld in acht rechthoekige stukken van verschillende grootte. Als de avondzon op de voordeur staat, kleurt de hele gang door dat kleine raampje rood, groen en geel. Dan heb ik altijd het gevoel alsof ik door een oude kerk in Frankrijk loop. Het licht schijnt bijna tot op de wc-deur. Mijn moeder plast altijd met de deur open, zodat je haar hoort klateren, wat ik een heel vies geluid vind, omdat je haar plas hoort klateren. Mijn middelste broer vindt het leuk om mij te pesten, een van zijn favoriete plagerijen is de wc-deur met een botermesje van het slot draaien, het liefst als ik een grote boodschap moet doen.

Ik had mijn fiets tegen de zijmuur van het huis gegooid, iets waar mijn vader altijd boos om werd, omdat hij bang was dat ik de verf van het kozijn zou beschadigen. Vandaag kon het me niks schelen. Ik strompelde de keuken in, naar de wc. Er was gelukkig niemand thuis en ik ging zo voorzichtig mogelijk op het deksel van de wc-bril zitten. Ik hield mijn duim en wijsvinger om het slotje zodat niemand binnen kon komen. Ik was buiten adem, misselijk, en alles deed pijn. Met mijn andere hand voelde ik voorzichtig boven mijn rechteroog. In het spiegelende kraantje van de wastafel zag ik een dikke bult en er zat een sneetje bij mijn wenkbrauw. Ik duwde mijn wijsvinger op de wond en keek naar de bebloede vingertop. Als een stempel drukte ik mijn vinger op de rug van mijn hand en zag hoe de lijntjes een afdruk achterlieten.

Mijn tand was door mijn lip gegaan en ik had op mijn tong gebeten. Die voelde dik aan, hetzelfde gevoel als de verdoving bij de tandarts. Ik was in de war en probeerde te begrijpen wat er nou precies gebeurd was. Het enige wat ik zag, waren flarden van iets dat ik het liefste zo snel mogelijk wilde vergeten.

Voorzichtig stond ik op om mijn broek los te knopen. Ik had het gevoel dat ik moest poepen en dat kan niet als je je broek nog aan hebt. Ik liet mijn broek zakken en voelde iets langs mijn been glijden, ik keek naar beneden. Op de wc-mat spatten kleine druppels bloed uiteen. Ik kreeg het warm en koud tegelijk.

Zweet stroomde langs mijn voorhoofd en ik keek naar de viezigheid die ik op de mat had achtergelaten. Ik zou deze nooit onopvallend in de wasmachine kunnen krijgen. Mijn moeder zou dit zeker zien en boos worden.

Vlug scheurde ik enkele stukken wc-papier van de rol en probeerde daar het bloed mee op te deppen. Bij het bukken kromp ik ineen van de pijn. Er was iets heel erg mis. Ik had nog nooit zoiets gevoeld. Bij elke beweging voelde ik een scherpe steek tussen mijn billen.

Voorzichtig opende ik de deur van de wc en keek om het hoekje. De *Leeuwarder Courant* lag op de kokosmat bij de voordeur. Ik trok mijn broek omhoog en liep naar de deur van de woonkamer, die stond op een kier. Bij de stoel van mijn vader, op een van de boxen van de stereo, stond de telefoon. Er zat een extra lang snoer aan de telefoon, hierdoor kon je hem meenemen als je wilde bellen zonder dat de rest van de familie meeluisterde. Als mijn broer vroeger met Jorinde belde, liep hij altijd met de telefoon in zijn hand naar de bijkeuken. Hij zat dan op een van de twee kleine treden naast de oude waterput uren met haar te bellen. Ik pakte de telefoon en draaide het nummer van dokter Metselaar.

De dokter woonde schuin tegenover ons. Ik kende hem goed. Mijn moeder had iets wat epilepsie heette en ze had ook vaak last van zware hoofdpijn, die ze 'migraine' noemde. Als ze daar last van kreeg moest ze overgeven. Dan maakte ze heel nare geluiden in de wc, en net als bij het plassen stond ook dan de deur open.

Voor de epilepsie en de hoofdpijn kreeg ze speciale medicijnen. Ik had de belangrijke taak om die voor haar op te halen. Dat gaf mij altijd een gevoel van trots, en het maakte mij blij dat ik dat voor haar mocht doen. Om bij de dokter te komen hoefde ik maar een klein stukje te lopen. Over de stoep richting het Van der Valk-hotel, het zebrapad over de drukke weg, verderop was het huis van de dokter. Het had geen buren en stond dertig grote stappen naast het hotel. De oprit van Metselaar was lang en bezaaid met kiezelsteentjes, dat maakte een leuk geluid als je eroverheen liep. Aan het einde van de oprit stond een grote garage met dubbele deuren, soms stonden de deuren open en kon je de twee auto's van de dokter zien staan. Ik begreep niet waarom iemand twee auto's nodig had, maar ze waren wel heel mooi en verschillend van elkaar. De ene auto was een grote, stoere, blauwe Jeep Wagoneer uit Amerika en de andere auto was een Citroën DS, grijs van kleur met bruine bekleding. Misschien was dat wel zijn zondagse auto, want ik zag hem er bijna nooit in rijden. Toch waren de auto's niet de reden waarom ik zo graag mijn moeders medicijnen ophaalde. Achter de garage had de dokter stallen met paarden, het waren twee Friese hengsten en ze waren vijf en zeven jaar oud toen ik ze leerde kennen. Ze heetten Tjerk en Jildert, en waren de mooiste dieren die ik ooit had gezien. Ik zou er heel graag op willen rijden, maar van mijn ouders mocht dat niet, die vonden alles groter dan een kat gevaarlijk.

Het bleef dus bij kijken en als ik geluk had, kon ik hun zachte neuzen aaien. Samen met Jay waren Tjerk en Jildert mijn lievelingsdieren. Ik vond het altijd jammer als de dokter op het raam klopte, het witte zakje met de medicijnen in zijn hand. Ik draaide het nummer van de dokter. Na drie keer overgaan werd er opgenomen.

'Dokter Metselaar.' De stem van de dokter klonk zwaar en toch ook heel vriendelijk.

Ik aarzelde om hem te vertellen met wie hij sprak. Straks belde hij mijn ouders en dan kwamen ze er natuurlijk ook achter dat ik op de wc-mat gebloed had.

'Hallo... Is daar iemand?'

Ik haalde diep adem en vertelde de dokter dat ik naar de wc moest, maar dat het pijn deed. Vertellen wat de man in het natuurpark bij mij gedaan had durfde ik niet.

Dokter Metselaar vermoedde dat ik iets geks had gegeten en dat mijn maag daardoor van streek was en ik daarom last had bij het poepen. Hij probeerde mij gerust te stellen en zei dat ik me geen zorgen hoefde te maken.

'Dag Lex, ik hoop dat je snel weer beter bent.'

Huilend zette ik de telefoon weer terug op de box naast mijn vaders stoel.

In de wc ontdekte ik dat de bloedspetters op de wc-mat bijna onzichtbaar waren. Opgelucht haalde ik adem en ik liep naar de badkamer om mijzelf schoon te maken.

Toen de achterdeur een half uur later openging zat ik op de trap.

Ik steunde op mijn linkerbil om zo min mogelijk pijn te voelen. Mijn hoofd rustte tegen de trapleuning. Ik herkende mijn vaders trage voetstappen. Zonder mij op te merken liep hij naar de voordeur om de krant van de kokosmat te pakken. Ik kon alleen zijn brede rug zien terwijl hij de voorpagina las, tot het moment dat hij zich omdraaide en mij op de trap zag zitten.

Hij keek mij met grote ogen aan en liet de krant uit zijn handen vallen. Met twee treden tegelijk rende hij de trap op en pakte mijn gezicht in zijn handen. In het Frans vroeg hij wat er gebeurd was.

Ik wilde hem vertellen over de man in de witte auto, over de kussentjes van de koptelefoon die vies geworden waren, dat ik nooit meer fruittella's wilde eten en dat ik zou beloven nooit meer straf te krijgen op school, maar het lukte niet…

Ik begroef mijn hoofd in zijn armen en snoof de veilige geur van zijn Fresh-upaftershave op. De gedachten in mijn hoofd leken auto's zonder caravan en raasden aan mij voorbij.

'Vertel papa maar wat er gebeurd is...' Zijn stem klonk liefdevol en gaf mij het laatste zetje moed dat ik nodig had. Ik haalde diep adem en keek hem aan.

Een geluid bij de voordeur zorgde ervoor dat ik mijn mond weer sloot. Mijn moeder duwde de deur open en liep met mijn broers het huis in. Met veel drukte kwamen ze binnen. Mijn broers hadden allebei een grote plastic tas in hun handen, ze hadden een nieuwe jas gekregen die ze trots lieten zien.

'Wat is er met Lex aan de hand?' vroeg mijn middelste broer terwijl hij voordeed hoe de capuchon van zijn jas gehaald kon worden. Ik voelde al hun blikken op mij gericht en verzon een leugen terwijl ik in gedachten God om vergeving vroeg voor dezelfde leugen.

'Ik ben van mijn fiets gevallen.'

Mijn vader liet direct mijn schouders los en vroeg geïrriteerd of de fiets kapot was. Ik schudde van nee, maar helemaal zeker wist ik dat niet.

Terwijl iedereen zijn gang ging, bleef ik op de trap zitten. Mijn vader zat inmiddels in zijn stoel de krant te lezen, mijn broers maakten op hun kamers huiswerk en luisterden muziek. Zacht klonk Toto uit de stereo van mijn oudste broer. Het liedje 'Rosanna' kende ik uit mijn hoofd en neuriede ik zachtjes mee. Hoewel mijn ouders popmuziek 'een gruwel Gods' vonden, stonden ze het toe als dat het huiswerk van mijn broers ten goede kwam. Mijn moeder was aan het koken. De geur van kapot gekookte prei hing door het hele huis

'Mama?' Er kwam geen reactie, tijdens het koken was ze meestal in gedachten en je moest haar dan vaker roepen. 'Mam?!' Iets harder en met ingehouden adem stak ik mijn hoofd tussen de spijlen van de trap. Ik zag haar in de keuken staan, een sigaretje in haar mond en een pollepel in haar hand.

Ik durfde niet nog harder te roepen en er kwam niet meer dan een fluistering toen ik haar voor de derde keer riep.

'Mama...'

Ze keek op maar ik zag direct dat het mis was, ik had haar gedachten verstoord en de irritatie in haar stem was niet te missen.

'Wat nou weer?!'

In een flits besefte ik dat ik een geheim had, een geheim dat ik niemand kon vertellen en waar niemand het bestaan van wilde weten.

'Niks mam, laat maar...'

12
WILHELMINA

Naast de wc zit de deur naar de kelder. Aan de deurklink hangt de zondagse tas van mijn moeder. Het tasje is van mijn beppe geweest en gemaakt van leer. De zilveren vlindersluiting is dof geworden en gaat met moeite open. In het tasje zit alles wat we nodig hebben om op zondag naar de kerk te kunnen. De Bijbel van mijn ouders, een zakdoek voor als iemand zijn neus moet snuiten, meestal is dat mijn vader, Wilhelmina-pepermunt, en tot slot de portemonnee die bij de tas past. Mijn moeder stopt daar op zaterdag geld in voor de collecte op zondag.

Als we naar de kerk gingen waren er altijd twee momenten waarop mijn ouders boos naar mij keken. Het eerste moment was tijdens de collecte. Voordat de diakenen met de collectezak rondgingen, hoorden we altijd wat de bestemming voor het op te halen geld was. Mijn moeder pakte dan haar portemonnee en gaf ons allemaal een dubbeltje, mijn ouders gaven zelf een gulden. Ik heb ooit aan mijn moeder gevraagd waarom mijn broers en ik maar een dubbeltje mochten geven. Ze vertelde mij dat wij arm waren en dat wij als gezin aan de kerk mochten geven wat we konden missen. Ik schrok van dat nieuws, ik had ons nooit als 'arm' gezien. Ik moest wel altijd de oude kleren van mijn broer aan en we kregen niet elke dag vlees of een toetje, maar arm? Nee, zo had ik ons nog nooit gezien. Het hield mij enorm bezig en ik vroeg mij af hoe ik mijn ouders kon helpen.

Ik luisterde nooit echt naar wat dominee Wesseling over de collecte zei, maar nu had hij al een paar zondagen achter elkaar gezegd dat het geld naar de armen ging. Mijn moeder gaf ons het bekende dubbeltje en we wachtten geduldig tot de collectezak voorbijkwam. Ik zat op het hoekje en mocht als laatste het dubbeltje geven en dan het opgehaalde geld aan de diaken geven. De fluwelen stof voelde zwaar aan en ik hoorde het geknisper van briefjes en het gerinkel van guldens en rijksdaalders.

Het dubbeltje had ik al in mijn broekzak, dat zou ik na de kerkdienst weer aan mijn moeder teruggeven. Ik legde de collectezak voorzichtig op mijn schoot. De diaken stond naast mijn stoel en keek met grote ogen en open mond toe hoe ik alle briefjes eruit haalde. Zonder aarzelen drukte ik die in de handen van mijn moeder.

'Goed vasthouden mama, het zijn er veel.'

De guldens en rijksdaalders legde ik in de handen van mijn vader die mij, net als de diaken, met open mond aanstaarde. De lege collectezak gaf ik aan hem terug.

'Dank u wel, misschien krijg ik van mama wel een nieuwe zondagse trui.' Ik liet hem de linkermouw van mijn trui zien, aan het einde van de mouw was te zien hoe mijn moeder met zwart garen een groot gat had gestopt.

De diaken schraapte zijn keel en maakte mijn moeder duidelijk dat ze het geld terug moest stoppen. Omdat er een vertraging optrad bij het doorgeven van de collectezak, begonnen de andere mensen in de kerk op te merken dat er iets aan de hand was bij de familie Paleaux. Mijn moeder siste mij toe dat ik het geld onmiddellijk aan de diaken terug moest geven.

'Maar wij zijn toch de armen van de gemeente?!' Ik zei het net iets te hard. Hoorde je even daarvoor nog gefluister en het geluid van mensen die zich omdraaiden; nu viel het compleet stil. Ik voelde dat ik iets verkeerds gedaan had, al wist ik niet precies wat. Ik zag tussen de rijen het gezicht van dominee Wesseling.

Hij keek vriendelijk over zijn brilletje heen en knikte een bijna onzichtbaar knikje. De collectezak passeerde onder mijn neus en werd door mijn ouders weer gevuld met het geld van de gemeente. Vanaf dat moment kreeg mijn oudste broer mijn dubbeltje en moest ik ook met hem van plaats wisselen zodat hij en niet ik de diaken het geld mocht overhandigen. Bij het woord 'collecte' werd er sindsdien boos naar mij gekeken.

Het tweede moment waarop er boos naar mij gekeken werd was tijdens de 'pepermuntjesronde'. Een kerkdienst duurde lang. De dominee wilde veel over God vertellen, er moest gezongen worden en gebeden. Daarom kregen we, als we goed luisterden en meezongen, halverwege de dienst een beloning. Na het rondgaan van de collectezak kregen we een overheerlijk Wilhelmina-pepermuntje. Die waren bijna twee keer zo dik als de King-pepermuntjes en toch kruimeliger. Van pake en beppe kregen we elke zaterdag een rol voor de zondag. Volgens mijn moeder heette dat een 'traditie'. Ik verbeterde haar wel eens en zei dan dat het juiste woord 'traktatie' was. Zij, op haar beurt, zei mij mijn grote mond te houden. Pake lachte en knipoogde alleen maar. De pepermuntjes waren allemaal apart verpakt in een mooi papiertje met de koningin erop. Ik probeerde altijd zo lang mogelijk te wachten.

Het was de kunst om het papiertje los te scheuren vlak voor dominee Wesseling zijn slok water nam. Op die manier was ik de laatste die het pepermuntje in zijn mond stopte en had ik het gevoel er het langste van te genieten. Ik keek hoe de dominee zijn handen op de kansel liet rusten. De Bijbel lag opengeslagen en zijn blik gleed over Gods woorden die hij zo met ons zou delen. Wanneer de diakenen de collectezakken terug hadden gehangen zou hij weer beginnen met zijn preek, maar niet voor hij een slok van zijn water had genomen.

'Gemeente van onze Heere Jezus Christus, in Exodus 4 vers 24 worden we geconfronteerd met de wens van God om Mozes te doden.'

Met grote ogen keek ik naar dominee Wesseling, wat deed hij nou? Hij nam geen slok van zijn water, maar ging zonder overleg verder met zijn preek. De wens van God om Mozes te doden was veel minder belangrijk dan mijn wens om het Wilhelmina-pepermuntje op te eten. Mijn geritsel zou alle aandacht op mij vestigen en na de ellende met de collectezak was dat het laatste wat ik wilde. Ik propte Wilhelmina in mijn zondagse broek. Bij elk woord dat de dominee uitsprak prutste ik met duim en wijsvinger aan haar glimmende papiertje. Beetje bij beetje slaagde ik erin om Wilhelmina uit haar benarde positie te bevrijden. Opgelucht haalde ik adem toen ik de kruimelige aanslag van de dikke pepermunt in mijn hand voelde. Voorzichtig keek ik naar mijn ouders, maar die hadden alleen maar oog voor de dominee. Met de pepermunt tussen duim en wijsvinger trok ik mijn ineengeklemde hand voorzichtig uit mijn broekzak. Het laatste stuk was het lastigste en ik gaf een stevige ruk.

Wilhelmina vloog uit mijn hand en rolde tussen de stoelen door naar de rij voor de onze. Zonder erbij na te denken dook ik het pepermuntje achterna. Op handen en knieën, alsof ik God om vergeving vroeg, lag ik voor mijn stoel.

Die vergeving kwam niet. Sterker nog, Gods toorn daalde op mij neer. Mijn oudste broer was het instrument van Zijn wraak. Hij zette zijn schoen op mijn hand en trok mij aan mijn oor omhoog om mijn gezicht zo dicht mogelijk bij zijn mond te brengen.

'Zitten jij!'

Het was niet meer dan een fluistering, maar een rilling trok door mijn lijf. In de auto naar huis zei niemand iets tegen mij en mijn moeder stuurde mij bij binnenkomst direct naar bed. De zondag daarop haalde mijn moeder vier Wilhelmina-pepermunten tevoorschijn. Zonder mij aan te kijken gaf ze mijn broers er ieder één om de laatste twee voor zichzelf en mijn vader te houden. Ik keek strak voor mij uit en deed alsof het mij niet raakte.

13
SLAAPLIEDJE

De deur naar de kelder staat op een kier. Achter de kelderdeur is een hele kleine overloop, die grenst aan de trap die naar beneden leidt. Het kleine stukje vloer staat propvol met schoonmaakspullen, de stofzuiger, het strijkijzer, de strijkplank, en een verlengsnoer dat mijn vader gebruikt om in de zomer aan zijn grasmaaier te koppelen. Als je acht treden naar beneden loopt sta je op de keldervloer. In de kelder ruikt het muf en is het altijd vochtig. Mijn vader bewaart in een hoek de flessen wijn die hij elke zomervakantie uit Frankrijk meeneemt. Verder staat er een kartonnen doos met verjaardagsslingers en oud speelgoed. Boven de keldertrap zijn twee planken in de muur geschroefd. Op de ene staat de broodtrommel en op de andere liggen allemaal kookboeken. Dat vind ik grappig, want alles wat mijn moeder kookt smaakt hetzelfde. De kookboeken zelf zijn nog nooit van hun plek geweest.

Mijn ouders waren met mijn middelste broer naar de kerk. Ik moest thuisblijven omdat ik sinds zaterdagmiddag aan het hoesten was. Ik voelde mij niet ziek, maar volgens mijn moeder was mijn gehoest storend. Bovendien was het zondig om door dominee Wesseling heen te hoesten. Vanwege mijn kerkvrije zondag moest mijn oudste broer ook thuisblijven. Ik mocht van mijn ouders niet alleen thuis zijn.

Mijn broer leek dat niet erg te vinden, hij was een schilderij aan het maken met aquarelverf. Ik mocht kleuren mengen, terwijl hij druk was met de voorbereiding van zijn kunstwerk. Op een groot stuk papier had hij een tekening gemaakt van een tijger die zich verstopte in de jungle. Zijn kop en een stuk van zijn bovenlijf waren nog net zichtbaar. Ik vond het heel knap van mijn broer en zei hem dat ook. Hij reageerde niet op mijn compliment en door mij te negeren was hij helemaal zichzelf.

Ik kreeg honger en vroeg mijn broer of ik een boterham mocht smeren.

'Je gaat je gang maar. Laat me met rust!'

Ik deed de kelderdeur open en wurmde mijn voeten tussen de strijkplank en de stofzuiger.

Balancerend op mijn tenen hield ik de deurpost vast om niet in het trapgat te vallen. Ik opende de broodtrommel en haalde uit de plastic zak een boterham.

Achter de broodtrommel stak een langwerpig voorwerp uit.

Ik knipte de lamp van de kelder aan en zag een grote doos bonbons van de Aldi liggen. Met de boterham boven op de bonbondoos liep ik naar de keuken. Ik tilde het deksel en het bruine ribbelpapier op. Dertig verschillende bonbons glimlachten mij toe. Zou mijn moeder vergeten zijn dat ze die had gekocht? Lagen ze misschien op de stapel ongebruikte kookboeken en waren ze per ongeluk achter de broodtrommel gevallen? Wat de reden ook was, de bonbons lagen voor het grijpen.

Ik koos de grootste. Pure chocolade gevuld met een knapperige vulling van nootjes en een soort mokkacrème. Ik deed de doos weer dicht en zette hem terug waar ik hem had gevonden.

'Lex, wat doe je!' schreeuwde mijn broer.

Gehaast slikte ik het laatste stukje bonbon door.

'Niks... ik zocht de kaasschaaf.' Ik smeerde de boterham en liep naar de woonkamer om die aan de eettafel te gaan opeten.

'Ga op de bank zitten, ik hoor je eten. Dat is goor!'

Mopperend verhuisde ik naar de bank in de voorkamer. De boterham met kaas smaakte naar bonbon en dat smaakte naar meer.

Ik liep richting de keuken en zei dat ik wat melk ging pakken en op mijn kamer ging zitten. Dat deed ik ook, maar onderweg naar boven liep ik langs de kelderdeur. Ik gluurde naar de bonbons en overtuigde mezelf ervan dat mijn moeder de lekkernijen was vergeten.

Ik greep de doos en kieperde bijna de hele inhoud in mijn trui. Voor de vorm liet ik nog drie bonbons in de doos achter. De rest droeg ik als een geheime schat voorzichtig naar boven.

Ik liep naar mijn kamer, schudde alle bonbons uit mijn trui op mijn bureau. Daarna pakte ik de *Suske en Wiske*-strips samen met de Bijbel en de wekkerradio van de stoel en legde alles op mijn bed. Ik ging aan mijn bureau zitten, stalde mijn zoete schat voor me uit en zette mijn glas melk op een schrift, om geen vlekken op de tafel te maken.

Er waren zo veel smaken. Sommige bonbons hadden een nootje bovenop, andere een vulling die, als ik niet oppaste, over mijn kin drupte. De branderige smaak van de drupbonbon vond ik erg lekker. Maar minstens zo lekker waren die van witte chocolade gevuld met nougat. Voor ik er erg in had waren de bonbons op.

Dat was maar goed ook. Ik hoorde de Ford Sierra van mijn vader de oprit op rijden.

Beneden was het druk. Er was visite meegekomen. Mijn oom en tante zaten op de bank.

Mijn moeder had ze uitgenodigd voor de koffie. We zaten met zijn allen beneden, het was heel gezellig. Mijn oudste broer liet zijn bijna voltooide schilderij zien en iedereen was vol bewondering.

'Lex heeft geholpen met het mengen van de verf.'

Mijn moeder aaide mij over mijn hoofd en knikte mij liefdevol toe.

'Ik vind dat onze kunstenaars iets lekkers hebben verdiend!'

Ze stond op en liep naar de keuken. Mijn hart klopte in mijn keel. Ik hoopte dat ze de koektrommel uit de keukenkast ging pakken. Dat deed ze niet. Ik hoorde de kelderdeur opengaan en na wat gerommel kwam ze met een triomfantelijk gezicht terug.

In haar handen hield ze de langwerpige bonbondoos.

'Twee weken geleden in de reclame gekocht en bewaard voor een bijzonder moment!' Ze liep naar de antieke kast en pakte een mooie schaal, die ze op de eettafel zette. Met de rug naar ons toe maakte ze de doos open.

Mijn moeders schouders schoten richting haar oren, de blonde lokken wapperden heen en weer terwijl ze hoofdschuddend naar haar handen keek. Ze drukte haar gezicht bijna in de lege bonbondoos. Ze draaide zich om en wapperde met de doos in haar handen. De drie bonbons die ik had laten zitten vielen eruit en werden door haar voeten in het hoogpolige tapijt getrapt. Ze had een verwilderde blik in haar ogen en een verbeten trek rond haar mond.

'Wie!'

Mijn oom en tante stonden op.

'Wij moesten maar eens gaan.' Ze mompelden in de deur een zachte afscheidsgroet en vertrokken. Daarmee verdween ook het enige wat mij kon beschermen tegen mijn moeders woede.

'Wie heeft de bonbons gestolen!'

Weer bleef het stil. Mijn broers keken, via elkaar, naar mij. Ik besloot om hun voorbeeld te volgen. Daarbij keek ik mijn vader ook streng aan. Wie weet werd hij nerveus en zou hij de schuld op zich nemen van iets wat hij niet gedaan had. Mijn vader zei niks en dook in zijn krant.

Omdat mijn broers en ik onze kaken stijf op elkaar hielden, besloot mijn moeder op een andere manier de waarheid boven tafel te krijgen. Ze liep naar de eetkamer, legde de doos terug op tafel en draaide zich om. Met haar handen op de tafelrand keek ze de woonkamer in.

'Degene die het eerlijk opbiecht krijgt geen slaag.'

De blikken van mijn broers en mijzelf kruisten elkaar voor een tweede keer. Ik vroeg me af of ik haar kon vertrouwen.

'Het is gewoon heel jammer dat we op de rustdag van de Heer niet iets lekkers voor bij de koffie hebben.'

Liegen mag nooit, maar liegen op zondag, dat zou zelfs mijn moeder niet durven. Ik stond op en liep met opgeheven hoofd naar voren. 'Mama, ik was degene die de bon...'

Ze sloeg mij zo hard in mijn gezicht dat ik om mijn as draaide. Tollend stond ik voor haar, ik kreeg vlekken voor mijn ogen van duizeligheid, maar ook van woede.

Ik hoorde mijn vader de krant naar beneden slaan en mijn moeder toespreken. 'Is dat nou nodig?'

'Bemoei je er niet mee!' Ze keek hem niet eens aan.

Ik trilde van boosheid en voor het eerst deed ik iets ondenkbaars. Ik sprak haar tegen.

'Mama liegt!' Ik zei het met bevende stem, niet omdat ik bang was, maar omdat ik mijn stem niet onder controle had.

Mijn moeder pakte mijn schouders vast en rammelde mij door elkaar.

'Wat zeg jij!' Haar mondhoeken waren gevuld met bubbeltjes spuug en ik zag stukjes speeksel door de lucht vliegen, sommige landden op mijn gezicht.

Ik bleef haar strak aankijken.

'Mama liegt, God heeft dat ook gezien en gehoord!'

Het schermen met de alwetendheid van God was geen goed idee.

Ik kreeg een klap, en nog een, gevolgd door een ruk aan mijn haar. Mijn nek klapte dubbel en ik gilde van de pijn.

Mijn vader schreeuwde nu tegen mijn moeder dat ze op moest houden, maar ze stopte niet.

'Je bent een mislukkeling, verdwijn uit mijn ogen, rotkind! Debiel dat je d'r bent!'

Haar woorden kwamen harder aan dan de klappen. Ze liet mij los en ik draaide me om zodat ik kon wegrennen. Daar was ik goed in, rennen... Eenmaal op snelheid kreeg niemand mij meer te pakken, zelfs mijn moeder niet. Ik sprong naar voren om mijn vlucht in te zetten.

Mijn moeder haalde uit, deze keer niet met haar hand maar met haar voet. Ze schopte tegen mijn rechterdijbeen. Omdat ik mijn sprint al had ingezet vloog ik door de lucht zoals mij tijdens het voetballen ook wel eens gebeurde. Een moment was ik gewichtloos.

Ik viel op de grond en zag haar vanuit mijn ooghoek bij de eettafel staan. Haar ogen stonden verwilderd toen ze haar handen ten hemel hief. Niet om God om vergeving te vragen, maar om haar woede nog meer aan mij te laten zien.

'Durf het nog eens te zeggen!' siste ze me toe terwijl ze over mij heen gebogen stond.

Ik durfde haar niet in de ogen te kijken. Banger voor haar blik dan voor haar handen keek ik naar mijn vingers die in het tapijt verdwenen. Ik wenste dat ik, net als mijn vingers, ook zo zou kunnen verdwijnen.

Mijn moeder stond op en liep naar de keuken.

'Mama liegt...'

In de deuropening draaide ze zich om, ze zei niks, en keek alleen maar.

Mijn vader liet zijn krant vallen en sprong gehaast uit zijn stoel. Ik denk dat hij tussen mij en mijn moeder probeerde te komen, maar hij was te laat. Terwijl ik overeind kwam, sprong mijn moeder vanuit de deuropening naar voren. Ze greep me bij mijn trui en duwde mij achteruit. Ik duwde terug. Mijn handen drukten tegen haar buik, ik deed een paar stappen naar voren.

'Laat dat!' Ze greep me bij mijn polsen en sloeg mij met mijn eigen handen in mijn gezicht. Mijn neus begon te bloeden, ik voelde het bloed langs mijn lippen stromen. Mijn vader trok mij bij mijn moeder vandaan. Ik viel.

De gietijzeren gaskachel staat precies in het midden van ons huis. Zoals de douanemensen op vakantie de tolwegen bewaakten, zo bewaakte de kachel de onzichtbare lijn tussen de gezelligheid van de eetkamer en de netheid van de woonkamer.

Ik landde op de rand van de kachel, precies op de plek waar mijn moeder in de winter de theepot warm hield. Mijn voorhoofd kraakte op het gietijzer, maar ik voelde helemaal niks. Ik lag op de vloer en was zo draaierig dat ik geen pijn voelde. Mijn moeder trok mij overeind en bij haar op schoot. Ze zei mijn broer om een rijksdaalder uit haar portemonnee te halen. Met de koele munt probeerde ze de groeiende bult op mijn voorhoofd te stoppen.

Ik lag als een slappe vaatdoek in haar armen toen we even later over het grindpad van dokter Metselaar reden. Er bleek een snee in mijn voorhoofd te zitten die gehecht moest worden. Omdat ik niet op mijn benen kon staan reden we er met de auto naartoe.

'Wat is er met de jongen gebeurd?'

Mijn moeder vertelde dat ik tijdens het spelen ongelukkig op de kachel terecht was gekomen.

Dokter Metselaar bromde wat terwijl hij mijn voorhoofd hechtte.

'Spelen doe je in het vervolg buiten, begrepen?' Hij zei het op een boze toon, maar ik zag dat hij het niet meende.

Ik knikte en zei dat het mij speet. Hij aaide over mijn hoofd en gaf mij een beetje limonade.

'Ga jij de paarden maar even gedag zeggen. Zo meteen direct naar bed.'

Toen we thuiskwamen liep mijn vader mee naar boven.

In de badkamer ging ik op het kleine krukje staan om mijn tanden te poetsen.

'Als je straks in bed ligt moet je maar je slaapgebed zingen, dan worden je zonden van vandaag vergeven.'

Ik knikte naar hem in de spiegel. Zodra de deur van mijn slaapkamer zich sloot, zong ik God toe.

Ik ga slapen, ik ben moe,
'k sluit mijn beide oogjes toe.
Heere houdt ook deze nacht
over mij getrouw de wacht.

't Boze dat ik heb gedaan,

zie het Heere toch niet aan.
Schoon mijn zonde vele zijn,
maak om Jezus wil mij rein.

Zorg voor arme kind'ren Heer,
en herstel de zieken weer.
Ja voor alle mensen saâm
bid ik u in Jezus' naam.

Sta mijn ouders trouw ter zij,
wees mijn broers graag ook nabij.
Geef ons allen nieuwe kracht
door de rust in deze nacht.

Doe mij dankbaar en gezond
opstaan in de morgenstond.
Als 'k mijn oogjes opendoe,
lacht Uw zon mij vriendelijk toe.

Wilt u luisteren wat ik vraag,
een nieuw hartje wil ik graag.
Dat eerbiedig luisteren wil,
en gehoorzaam volgen wil.

Amen...

14
JEANNE KOOIJMANS EN PETER VAN BRUGGEN

De deur van de woonkamer staat op een kier. Ik kijk om de hoek en verwacht mijn vader in zijn stoel te zien zitten, maar er zit niemand. Na het ongeluk op zijn werk kan hij niet meer voor ons zorgen zoals hij dat graag zou willen. Daar is hij erg verdrietig over en het zorgt ook voor iets wat mijn moeder 'frustratie' noemt. Er hoeft dan ook maar weinig te gebeuren en hij is boos. Of het nou deuren zijn die te hard worden dichtgeslagen of een lamp die niet is uitgedaan, mijn vader vindt altijd wel een reden om boos te zijn. Gelukkig is hij veel van huis, vaak al voor mijn broers en ik thuiskomen. Hij vindt het te druk en wil rust. Het liefst zit mijn vader in zijn eentje op zijn stoel naast de stereo. Met veel moeite heeft hij een Franse zender kunnen vinden. Het is dan ook niet toegestaan om zonder zijn toestemming aan de radio te zitten. Mijn vader weet niet dat ik elke ochtend stiekem de zender verander. Het is een Akai-radio-cassettespeler. Zwart, met kleine witte lettertjes bij alle knopjes. Die radio is, na Jay, misschien wel mijn beste vriend.

Ik zat op mijn bed, mijn benen bungelden over de rand. Met mijn tenen kon ik de vloerbedekking net aanraken, dat kriebelde fijn. Deze ochtend begon met een zucht van opluchting. In ons huis ging mijn wekkerradio altijd als eerste af, dat was omdat ik nog in mijn bed plaste. Op je zevende hoor je allang zindelijk te zijn, maar toch werd ik 's ochtends vaak wakker met plakkerige lakens rond mijn lijf. Hoe het kon wist ik niet, maar ik leek maar niet wakker te kunnen worden wanneer het tijd was om naar de wc te gaan. Eerst probeerde mijn moeder nog van alles: mij laten plassen voor zij zelf naar bed ging, geen drinken meer geven na het avondeten, geduldig zijn, en mij het vertrouwen proberen te geven dat het wel goed zou komen. Toen haar geduld op begon te raken liet ze mij zonder onderlaken op het plaszeiltje slapen.

'Als jij je lakens niet droog weet te houden, slaap je maar op het blote zeiltje!'

Toen dat niet werkte, kwam ze op een ander idee waarover ze in de *Libelle* had gelezen. Een plaswekker. Ik kreeg voor het slapengaan een luier om met twee elektroden die aan een kastje verbonden waren. Zodra er een druppel vocht in contact kwam met 'de luier voor grote kinderen' barstte er een hels kabaal los. In de nacht klonk dan een gepiep alsof er een brandalarm afging. De bedoeling was dat ik van schrik mijn plas zou ophouden.

Het tegendeel gebeurde. Ik schrok zo dat ik alles liet lopen, en vaak was ik dan ook nog te laat met de elektroden van het broekje te rukken. Hierdoor werd iedereen wakker en boos en schreeuwde dan dat het rustig moest zijn.

Omdat de plaswekker ook niet werkte gaf mijn moeder het op. 'Misschien groei je zelf wel over dit kinderachtige gedrag heen.'

Ik knikte. 'Dat hoop ik ook, mama.'

Het eroverheen groeien lukte met vallen en vooral heel erg vroeg opstaan. Als ik dan toch een ongeluk had gehad, haalde ik, om de boosheid van mijn moeder te voorkomen, zo vlug mogelijk het bed af en stopte de lakens in de wasmachine. Ik moest wel opletten dat ik het niet bij de andere was deed; dat vond iedereen vies. Dat begreep ik nooit zo goed, de andere was zat toch niet voor niets in de wasmachine? Als ik mijn bed had afgehaald moest ik het verschonen en daarna mijzelf wassen.

Hoewel het bedplassen steeds minder vaak voorkwam, bleef mijn wekkerradio als eerste afgaan. Omdat mijn ouders allebei niet meer werkten, zetten zij geen wekker. Ik wist van vriendjes dat hun ouders, meestal de moeder, elke ochtend opstonden om boterhammen te smeren en samen thee te drinken. Dat leek mij heel gezellig en ik zou dat graag eens willen meemaken. Mijn ouders sliepen altijd nog als ik opstond, net als mijn broers.

Die moesten ook naar school, maar zij vonden mij vervelend en wilden mij in de ochtend niet zien en stonden daarom zo laat mogelijk op. Als ik een goede nacht had gehad, wat betekende dat ik de lakens niet hoefde af te halen, ging ik mij wassen met een washandje en zeep. Ik moest me afdrogen met de handdoek die over de verwarming in de badkamer hing. Daar moest ik een week mee doen. Omdat we alleen op woensdag en zaterdag douchten kon dat best, tenminste, dat zei mijn moeder. Toch vond ik het niet fijn en zou ik het liefst elke dag een schone handdoek hebben. Deze handdoek ging ook altijd mee op vakantie naar Frankrijk. Er stond een palmboom op, een grote gele zon en een drankje met een parasolletje. Door mijn vakantiehanddoek dacht ik elke ochtend aan het fijne zwembad op de camping.

Het vakantiegevoel was altijd snel voorbij als ik onder de handdoek vandaan kwam en mijn gezicht in de spiegel zag. Ik heb groene ogen en rare wenkbrauwen die op rupsjes lijken. Mijn broers zeiden dat ik koeienogen had en dat ik ze altijd stom aankeek. Daarom keken mijn ogen meestal naar beneden. Mijn haar zat altijd gek, maar dat kwam doordat mijn moeder mij knipte. Ik had geen geld om gel te kopen, dus pikte ik altijd een beetje van mijn middelste broer. Het was groene gel in een grote pot. Hoe het kon snapte ik niet, maar hij wist precies hoeveel gel er in de pot hoorde te zitten. Als er dus iets uit miste, wist hij dat ik dat had gedaan. Hij sloeg mij dan op mijn achterhoofd.

'Blijf van mijn gel af, koeienoog!'

Door de klap had mijn haar dan de rest van de dag een gekke pluk.

Op mijn voorhoofd zit het litteken van de gaskachel. Dokter Metselaar had het goed gehecht, toch kon je het nog zien zitten. Hij zei mij dat ik er maar veel met mijn duim overheen moest wrijven 'om het weefsel soepel te houden'. Ik had geen idee wat dat betekende maar ik wreef me een ongeluk. Ik vond dat ik geen leuk gezicht had en keek niet graag naar mijzelf. Meestal ging ik dan ook zo vlug mogelijk de badkamer uit.

Ik liep zo zachtjes als ik kon naar beneden. Ik had drie kwartier de tijd om te ontbijten en brood voor school te smeren. Op mijn boterhambakje stond een plaatje van een BMX-crossfiets, door het afwassen miste een stukje van het stuur en het achterwiel was al helemaal weg. Om mijn boterhammen te smeren moest ik op een krukje bij het aanrecht staan. Er gingen drie sneetjes brood in mijn trommeltje, twee met kaas en één met jam of hagelslag. Ik vond kaas erg lekker, maar niet in de winter; de tas met je boterhambakje moest aan de kapstok, die precies boven de verwarming hing. In de winter stond die altijd op de hoogste stand. Als je dan in de pauze je broodje mocht eten, was je kaas gesmolten en smaakte het naar lauwe tosti. Dat vond ik heel erg smerig.

Naast de drie boterhammen zat er ook een mandarijn in mijn broodtrommel en soms mocht ik een minikoetjesreep pakken. Een grote beker vulde ik met karnemelk en Roosvicee. Wanneer ik dat goed schudde kreeg je een soort Yoki-drink. De beker had een schroefdop die ik heel precies moest sluiten, anders ging hij lekken en drupte er ongemerkt nep-Yoki in mijn tas. Als ik dan eindelijk mijn lauwe tosti kon opeten, zat mijn tas onder de plakkerige karnemelk met Roosvicee en had ik niks te drinken. Bovendien stonk de tas daarna enorm en dat zorgde thuis weer voor boze gezichten. Het voorbereiden van mijn schooltas was dus een taak die ik heel serieus en zorgvuldig uitvoerde. Daarna smeerde ik een boterham met pindakaas. Die sneed ik in vier stukken en bracht ik naar de salontafel in de woonkamer. Daarna pakte ik een beker uit het aanrechtkastje boven de gootsteen en nam ik een glas melk.

In de kast waar de radio-cassettespeler van mijn vader stond, lag ook de koptelefoon met het gekrulde snoer. Ik prikte hem in de Akai-stereoset en drukte op het *on*-knopje. De metertjes schoten voor een kort moment in het rood en ik genoot van de gelige gloed die mijn handen verlichtte. Via de koptelefoon vertelde een Franse dj mij wat er allemaal in Frankrijk gebeurde, maar dat interesseerde me niet. Ik draaide de grootste knop naar links, waardoor ik Frankrijk verliet en binnen enkele seconden de reis naar Hilversum 3 maakte.

Ik at mijn boterham met pindakaas en dronk mijn melk terwijl ik luisterde naar de muziek en de grappige dj's die de platen aan elkaar praatten.

Na het ontbijt, als ik mijn bord in de wasteil deed en mijn beker naast mama's koperen asbak zette, kwam het belangrijkste moment van de ochtend. De radio moest weer op de Franse zender staan, en dat kostte veel tijd. Je moest heel precies aan de grote ronde knop draaien, tot de stem van de Franse man helder klonk. Als mijn vader dan, na de ochtendafwas, zijn kop koffie in zijn stoel dronk had hij niks door en kon hij dus ook niet boos worden. Soms vergat ik het wel eens, omdat ik nog nagenoot van de muziek, of moest lachen om iets wat de dj's hadden gezegd. Als ik dan, diep in gedachten, de voordeur achter me dichtsloeg, kon ik heel erg schrikken. Het idee dat mijn vader dan in zijn stoel plaatsnam en de heidense muziek van

Hilversum 3 zou horen in plaats van de Franse dj gaf mij een angstig gevoel. Aan het einde van de schooldag was ik dan altijd heel nerveus en hoopte dat mijn vader niet boos zou zijn. Meestal was hij bij zijn Franse vrienden en had ik me voor niks zorgen gemaakt.

Toen ik naar de middelbare school ging veranderde er weinig. Ik stond nog steeds in mijn eentje op om mijn dag te beginnen en smeerde mijn boterhammen aan het aanrecht, nu alleen zonder krukje. Mijn ontbijt at ik met mijn familie die in de radio woonde. Jeanne Kooijmans en Peter van Bruggen waren voor mij de ouders die je hielpen met het starten van je schooldag.

Ze hadden beiden een mooie stem, maar de stem van Jeanne was zo lief en warm dat ik een beetje verliefd op haar was. Mijn ochtend was niet compleet zonder hun radioprogramma: *The Breakfast Club*. Ze draaiden leuke muziek en hadden een spelletje waarbij iemand op de radio mocht komen, maar geen 'eh' mocht zeggen. Dat klinkt eenvoudig, maar het was een stuk lastiger dan je zou denken. Jeanne en Peter stelden je allemaal vragen en die moest je dan zo vlug mogelijk beantwoorden, zonder een lange stilte te laten vallen of het woordje 'eh' te gebruiken. Mij lukte het nooit, maar het was mijn grote wens om een keer in de uitzending te komen en het te proberen. Ik vergat steeds vaker om de radiozender weer naar Frankrijk te sturen. Soms was mijn vader boos en soms ook niet. Ik merkte dat zijn boosheid mij niet meer zo raakte. Het deed er niet toe... Ik deed er niet toe.

15
MIJN VLEUGELS SPREIDEN

Ik loop de woonkamer uit en door de gang naar de trap. Op de kokosmat bij de voordeur ligt de Leeuwarder Courant. Naast de krant liggen nog wat reclamefolders en een brief van de Belastingdienst. Die stop ik tussen de folders omdat mijn moeder altijd chagrijnig wordt als ze een blauwe envelop ziet. Aan de muur hangt een grote kapstok met heel veel haakjes, daaronder staat een oude dekenkist die mijn pake ooit op een veiling heeft gekocht. De kist is donkerbruin en heeft een groot ijzeren slot. Er zit geen sleutel bij het slot. We bewaren er 's winters de zomerjassen en in de zomer de winterjassen in. Degene die de post van de kokosmat raapt moet die altijd sorteren en netjes op de dekenkist leggen. Zo zien mijn ouders direct wat de belangrijke en wat de leuke post is.

Ik kreeg bijna nooit post. Ja, op mijn verjaardag. Dan viel er een kaart van mijn oom en tante uit Frankrijk op de mat en eens in de twee weken kwam het krantje *De Voltreffer* van mijn voetbalclub. Ik hoorde het geklepper van de brievenbus, gevolgd door de doffe klap van de post die op de kokosmat viel. Hoewel mijn naam in grote letters op de envelop stond, wist ik dat deze brief niet voor mijn ogen bestemd was. 'Aan de ouders/verzorgers van Lex Paleaux'. De envelop was groter dan die van mijn verjaardagskaart en voelde dik en zwaar aan. Ik zou hem bij de andere post op de dekenkist moeten leggen, maar ik bleef met de envelop in mijn handen staan. Ik keek naar de keukendeur en luisterde tot ik zeker wist dat ik alleen in huis was. Toen stopte ik de brief onder mijn trui en rende de trap op naar mijn slaapkamer.

Mijn bed was een halfhoogslaper. Omdat mijn kamer zo klein was, moest er voor mij een 'functioneel' bed komen. Ik ging immers nu naar de middelbare school en had een plek nodig waar ik huiswerk kon maken en mijn schoolboeken kon opbergen. Ik begreep niet precies hoe een nieuw bed voor meer ruimte in mijn slaapkamer kon zorgen, maar ik snapte het meteen toen we naar meubelwinkel 'Neef' uit het dorp gingen. Ik kon mijn geluk niet op toen ik zag wat mijn vader en moeder voor mij hadden uitgezocht. Mijn nieuwe bed had een uitschuifbaar bureau en een ingebouwde kast.

Als ik aan het handvat trok kwam het bureau tevoorschijn. Nou was dat op zichzelf al geweldig, maar het mooiste was dat ik er een extra ruimte had bijgekregen. Via het uitgeschoven bureau kon ik onder het bed kruipen waar ik een plek had om te spelen en mij te verstoppen. Ik vloog mijn ouders om hun nek en bedankte hen.

Toen het bed na een week wachten eindelijk werd bezorgd nam het bijna mijn hele slaapkamer in beslag. Erg vond ik dat niet, bovendien mocht ik van mijn moeder het oude matras van mijn ledikant in de ruimte onder mijn bed schuiven. Een oud visnet van pake maakte ik vast aan de onderkant van mijn lattenbodem. Daar lagen nu mijn groene zaklamp en *Suske en Wiske*-strips in.

Ik pakte mijn zaklamp en met mijn duim duwde ik het schuifknopje aan de zijkant omhoog. Ik scheen op de letters van de envelop. 'Aan de ouders/verzorgers van Lex Paleaux'.

Beneden hoorde ik mijn moeder thuiskomen, ze was blijkbaar in een goed humeur, want ik hoorde haar vrolijk fluiten. Zo voorzichtig mogelijk trok ik aan de plakrand van de envelop. Het scheurende geluid leek door mijn verstopplek heen te echoën. Ik durfde bijna niet te ademen en hoopte dat het openen van de envelop niet de aandacht van mijn moeder zou trekken; het laatste wat ik wilde was 'aandacht'.

Het was nog geen half jaar geleden dat ik juist wel aandacht wilde. In het bijzonder die van mijn vader. Met mijn gezicht in zijn borst gedrukt schreeuwde ik het uit. In stilte, dat weet ik wel, maar toch had hij mij moeten horen. Ik had het gevoel dat er na die dag iets in mij veranderd was.

De ochtend na de aanval voelde ik mij misselijk. Met de grootst mogelijke omweg fietste ik naar school, waar veel van mijn klasgenoten in het fietsenhok met elkaar stonden te praten. Manfred, mijn beste vriend, kreeg mij als eerste in de gaten: 'Jeetje Lex, heb je gevochten?!'

Omdat ik niet nog een keer wilde liegen probeerde ik de aandacht van mezelf af te leiden.

'Mooie schoenen, Manfred – nieuw?'

Zijn sportschoenen van het merk Fila waren een beetje roodbruin van kleur en waren veel mooier dan mijn sportschoenen, die bij de Bristol vandaan kwamen.

'Ja, gister met mijn moeder gekocht, maar wat is er met je gezicht gebeurd?' Zijn hand rustte op mijn schouder terwijl zijn ogen de mijne zochten. 'Heb je gevochten?'

Ik haalde mijn schouders op, waardoor mijn klasgenoten dachten dat ik echt gevochten had. Als een lopend vuurtje gingen mijn blauwe oog en dikke lip over het schoolplein en de meesten vonden mij erg stoer.

'Vertel nou, wat is er gebeurd?'

Omdat ik de hoeveelheid aandacht niet aankon, vertelde ik dezelfde leugen als de dag ervoor aan mijn ouders.

'Ik ben van mijn fiets gevallen.' Binnen een paar seconden was ik niet meer 'stoer', maar een 'onhandige sukkel'. Ik liet het over mij heen komen en lachte met de flauwe grappen mee.

In de weken daarop trok ik mij steeds meer terug. Ik had

moeite om mij te concentreren en de vakken waar ik normaal gesproken blij van werd, aardrijkskunde, geschiedenis en biologie, interesseerden mij niet meer. Ik was brutaal tegen de leraren en tijdens de pauzes op het schoolplein belandde ik vaak in vechtpartijen. De kinderen uit mijn klas waren altijd aardig tegen mij en met hen zocht ik ook geen ruzie. Dat deed ik wel met de jongens uit de hogere klassen. Meestal verloor ik en kreeg ik flinke klappen. Na de pauze zat ik vaak met blauwe plekken op mijn lijf in de klas. Echt voelen deed ik het niet. Alles aan mij leek verdoofd en in gedachten speelde ik de muziek van Queen af in plaats van naar de leraar te luisteren.

Er was wel één moment in een les waarbij ik wel goed oplette wat er gezegd werd. Mijn biologieleraar, meneer Van Eshout, wist mijn aandacht vast te houden toen hij vertelde over iets wat 'conceptie' heette.

'Als de man zijn echtgenote penetreert en zijn zaad in haar vloeit, zal er volgens Gods wil een kind geboren worden.

In dit kind zullen de ouders zich dan beiden herkennen, zowel in lichaam als in geest.'

Ik dacht terug aan de vuistslag in mijn gezicht, aan mijn wang die over de stoeptegels schuurde, de vieze kussentjes van mijn koptelefoon. Maar vooral dacht ik terug aan het bloed dat later op de wc-mat drupte, vermengd met hetzelfde spul dat door een man gebruikt wordt om zich samen met zijn echtgenote te vermenigvuldigen.

Ik begon mij af te vragen of de man iets van zijn slechtheid in mij had achtergelaten. Mijn boosheid stopte immers niet als ik de school uit liep. Geplaag van mijn broers, dat mij vroeger zou laten huilen, kon nu rekenen op een regen aan vuistslagen. Mijn moeder die dan tussenbeide sprong schold ik de huid vol met woorden die ik nooit eerder had gebruikt. Als mijn vader zich er dan ook nog mee ging bemoeien ontstond er vaak hard geduw en getrek. Mijn ogen spuwden dan vuur en ik begon, om mijn ouders pijn te doen, recht in hun gezicht te vloeken. Mijn ouders reageerden op mijn gevloek met klappen in mijn gezicht, maar net als de klappen op het schoolplein leken ook die mij niet meer te raken.

Omdat ik in mijn dromen mijn nachtmerrie keer op keer beleefde, durfde ik niet te slapen en bleef zo lang mogelijk wakker. Soms sloop ik via mijn slaapkamerraam naar buiten.

Met mijn koptelefoon op, vergezeld door de stem van Freddie Mercury, wandelde ik net zo lang door ons dorp tot mijn benen mij niet meer konden dragen en ik wel moest slapen.

Elke ochtend verzamelde ik de moed om weer naar school te fietsen.

Maanden gevuld met agressie en onrust kropen voorbij. Mijn vader en moeder waren mijn gedrag blijkbaar spuugzat en hadden een beslissing genomen waardoor het in huis weer rustig zou worden. Het bewijs daarvan had ik in mijn handen. De envelop die voor mijn ouders bestemd was had ik toevallig als eerste onder ogen gekregen.

Geachte heer en mevrouw Paleaux,

Naar aanleiding van onze gezamenlijke gesprekken met de gezinstherapeut, het afdelingshoofd van onze instel-

ling, en uw huisarts Dhr. Metselaar, zijn we tot de conclusie gekomen dat een uithuisplaatsing voor dit moment uitkomst kan bieden. Wij willen een kennismakingsgesprek voorstellen waarin Lex, samen met u, de instelling kan bezoeken. Wij kunnen hem dan de opzet uitleggen van het traject waarin wij hem gaan plaatsen en hem op een rustige manier vertellen waarom wij de uithuisplaatsing een passende oplossing vinden. Voor u als ouders/verzorgers is het van belang om te weten dat wij een weekend op-weekend af-routine hanteren.
Dit houdt in dat Lex eens per twee weken, bij goed gedrag, van zaterdagochtend tien uur tot zondagavond acht uur naar zijn ouderlijk huis mag. Verdere uitleg volgt uiteraard tijdens de kennismaking.

Met vriendelijke groet: Dhr. B. Rozema, Gezinstherapeut
Psychiatrische jeugdkliniek: De Woonark

In de grote envelop zat een folder met mooie foto's van de jeugdkliniek. Op de plaatjes was het zomer en het prachtige huis was omgeven door kleurige bloemen en reusachtige bomen. Op een andere foto zag ik een groep jongens volleyballen. Blijkbaar kon je er ook gewoon naar school. Er stond een meneer voor een krijtbord met allemaal kinderen die goed aan het opletten waren.

Ik zag ook een groot hek rond het terrein. Bijna onzichtbaar en verstopt door de struiken, maar niet te missen. De regels van mijn ouders, school en kerk voelden ook als een hek. Elke stap die ik zette werd gecontroleerd en als ik toch over de omheining van hun geboden probeerde te klimmen werd ik hardhandig teruggetrokken. Gevangen voelde ik mij al, maar nog een extra hek kon ik niet verdragen en ik voelde mijn maag ineenkrimpen bij de gedachte dat ik niet van het terrein af mocht.

Naast de brief en de foto's zat er nog een lange lijst in de envelop met de benodigdheden voor mijn verblijf op de Woonark. Van kleding tot en met het wekelijkse bedrag aan zakgeld dat elk kind toegewezen kreeg. Het bedrag dat mijn ouders aan zakgeld zouden moeten betalen was veel groter dan wat ik nu kreeg. En ik kende mijn moeder, die hield niet van geld uitgeven, en zeker niet aan mij. Misschien zouden mijn ouders mij om die reden niet wegsturen. Ik hoopte heel erg dat mijn moeder zou schrikken van de zakgeldverhoging.

Ik las de brief nog een keer goed door, zodat ik zeker wist dat ik begreep wat er stond. De woorden kwamen hard aan. Mijn ouders wilden van mij af en dat deden ze door mij in een kliniek weg te stoppen. Ik deed de brief terug in de envelop, met mijn Prittstift lijmde ik de rand vast.

Beneden aangekomen zag ik dat de krant ook was bezorgd. Ik pakte hem van de deurmat, vouwde hem dubbel en stopte de brief ertussen. Mijn moeder zat aan de eetkamertafel haar *Libelle* te lezen. Ze keek op en vroeg of ik de strip wilde lezen. Het was haar manier om een gesprek met mij te voeren. Maar ik had geen zin in 'Jan, Jans en de kinderen' en ik wilde ook geen contact met mijn moeder. Ik gaf haar de krant en zei dat ik alleen de post even kwam brengen.

Ik draaide me om en liep de kamer uit. In de bijkeuken ging

ik op de oude waterput zitten, ik pakte mijn voetbalschoenen en het leervet. Ik was woedend en vroeg mij af wiens idee het was om mij uit huis te zetten. Dat moet mijn moeder wel geweest zijn, dat kon haast niet anders.

Die nacht kon ik niet in slaap komen. Ik bladerde in mijn schoolagenda en keek naar een plaatje van Freddie Mercury dat ik uit de *Hitkrant* had geknipt. Hij stond op een podium, met zijn rug naar de fotograaf keek hij naar de mensen die met hun handen in de lucht voor hem stonden. Met een simpel handgebaar kon hij de mensen precies laten doen wat hij wilde. Ik wenste dat ik mijn ouders ook kon laten doen wat ik wilde.

Ik pakte mijn walkman en sloop het huis uit. Buiten drukte ik op het *play*-knopje en ik hoorde hoe de twee wieltjes van het cassettebandje zich in beweging zetten. Freddie zong vol overgave en ik zong mee...

Spread your wings and fly away
Fly away far away
Spread your little wings and fly away
Fly away far away
Pull yourself together
'Cause you know you should do better
That's because you're a free man...

16
MENEER GRIT

De trap naar boven is steil en hoog. De roodbruine leuning is gemaakt van een lange plank met scherpe randen. Aan de binnenkant van mijn linkerhand zit een beetje eelt; als ik haast heb hang ik met mijn volle gewicht op de trapleuning en glij met meerdere treden tegelijk naar de benedenverdieping. Vanuit de woonkamer hoor ik mijn vader dan schreeuwen dat ik rustig de trap af moet lopen. De treden zijn bekleed met lichtblauwe vloerbedekking. Lekker warm om op te lopen, maar volgens mijn moeder vervelend om schoon te maken, waarschijnlijk omdat de stofzuiger te zwaar is om de trap op te tillen.

Aardrijkskunde was mijn lievelingsvak. Toen het schooljaar begon, leerde ik meneer Grit kennen.

Er waren twee dingen bijzonder aan meneer Grit: zijn manier van lesgeven en zijn dochter Kirsten. Kirsten had blauwe ogen en prachtig donkerblond haar. Als zij mij aankeek, werd ik altijd knalrood en wist ik niets meer te zeggen. Als meneer Grit mij aankeek werd ik ook rood, maar dat kwam meestal doordat hij mij uit een dagdroom haalde met een vraag waar ik het antwoord niet op wist. Het kostte mij veel tijd om te wennen aan mijn nieuwe leven als middelbare scholier.

Ik begreep niet hoe ik met het rooster om moest gaan en het maken van huiswerk vond ik erg lastig. Op de basisschool keek de juf of de meester over je schouders mee, maar thuis moest ik het alleen doen en als ik iets niet snapte kon ik het niemand vragen. Mijn ouders hadden geen kaas gegeten van wiskunde en ze kenden ook geen Duits en Engels. Alleen over aardrijkskunde maakte ik mij geen zorgen.

Ergens in de tweede week van het schooljaar vroeg meneer Grit ons om het aardrijkskundeboek uit onze tassen te halen.

'Ik ga jullie alles leren wat er in dit boek staat, en dat doe ik met deze map.' Op zijn bureau lag een groene multomap vol aantekeningen, verschillend gekleurde schutbladen zorgden ervoor dat meneer Grit precies wist waar hij moest zoeken om ons zijn lessen te leren. Zijn doordringende blauwe ogen keken de klas in terwijl hij met een glimlach verderging met zijn verhaal.

'Ik zal ervoor zorgen dat jullie allemaal een voldoende op jullie rapport halen. Het enige wat jullie hoeven te doen is tijdens mijn lessen opletten. Sterker nog, het boek hoeven jullie thuis niet eens meer open te slaan.'

We keken elkaar een beetje verward aan. We kwamen allemaal van de basisschool en hadden nog geen idee wat 'normaal' was en wat niet. Misschien was het voor meneer Grit normaal, maar voor ons was alles nieuw. Bij meneer Wiersma, die wiskunde gaf, moest je precies doen wat er in het boek stond. Meneer Grit leek, als ik zo eens naar zijn multomap keek, zelf een heel boek over aardrijkskunde te hebben geschreven. Toch geloofden we hem op zijn woord, dat kwam misschien ook wel doordat zijn blauwe ogen dwars door je heen leken te kijken en hij zo zelfverzekerd kon praten. Dat was een eigenschap die ik jammer genoeg in mijzelf niet zag.

Er waren ook andere dagen. De felblauwe ogen stonden dan dof en hoewel meneer Grit wel op school was, leek hij niet aanwezig. Dan wreef hij over zijn hoofd en leek het hem moeite te kosten om de woorden te vinden die ons moesten inspireren.

Later in de week schreef de directeur van de school, meneer Bos, op het krijtbord in de gang dat meneer Grit ziek was. Er ging dan gejuich op en iedereen verheugde zich op het tussenuur of een uurtje eerder vrij van school. Hoewel ik ook blij was, voelde ik mij toch altijd schuldig.

Het waren immers dezelfde hoofdpijnen waar mijn moeder

ook last van had. Het verschil was dat het bij haar ineens kon opzetten, bij meneer Grit leek er altijd een aankondiging te zijn voor de migraineaanval.

Omdat ik tijdens de lessen snel was afgeleid stond mijn tafel tegen het bureau van de leraar. Bij meneer Grit was dat niet anders, daardoor kende ik zijn gezicht heel goed. Van de rimpels in zijn voorhoofd tot het kortgeschoren, grijze haar waardoor hij een beetje op een militair leek.

Doordat zijn ogen vaak dof stonden begon mij iets op te vallen.

De dag voordat hij zijn hoofd met zijn handen ondersteunde, zag ik een klein zenuwtrekje bij zijn linkeroog. Het leek dan alsof er kleine stroomstootjes langs zijn oog trokken, alsof ze zich aan het voorbereiden waren voor een grote stroomstoot die zijn hoofd dan heel erg pijn zou doen.

Bij het klinken van de bel verliet iedereen het lokaal om naar de volgende les te gaan. Bij de deuropening keek ik om naar het bureau, waar meneer Grit zich voorbereidde op de volgende les.

'Meneer...'

Hij keek op van zijn lesmateriaal.

'Zeg het eens, jongen.'

Ik wees naar mijn linkeroog en toen naar dat van hem.

'U krijg het weer.'

Hij glimlachte ondanks de opkomende pijn en knikte.

'Ik weet het Lex, bedankt voor het opletten.'

Meneer Bos kondigde de volgende dag op het krijtbord een tussenuur aan. Meneer Grit was twee dagen later weer op school, maar ik durfde hem niet aan te kijken en ontweek hem zoveel mogelijk. Ik was bang dat hij mij raar zou vinden omdat ik zijn hoofdpijn aan zag komen. Toch had ik het idee dat ik na die dag een speciale band met hem had. De andere kinderen werden streng toegesproken, voor mij leek hij vriendelijker. Als ik weer eens in een dagdroom ontsnapte uit het klaslokaal tikte hij mij op mijn schouder.

'Lex, blijf je bij ons?'

Na verloop van tijd kwamen de verhoudingen meer op scherp te staan. De man in het recreatiepark had een woede in mij losgemaakt en behalve mijn ouders en de jongens uit de hogere klassen, ging ik mij ook steeds meer tegen meneer Grit afzetten. Ik maakte grapjes tijdens zijn lessen, lette niet op en gooide met potloden naar mijn klasgenoten om ze af te leiden. De tussenuren die we kregen vanwege zijn migraine, maakten mij nu ook blij. Schuldig voelde ik mij daar allang niet meer over.

God had zo Zijn eigen gedachten over mijn vervelende gedrag op school en thuis. Hij liet mij dat op Zijn geheel eigen wijze merken.

Ik begon nog slechter te slapen dan ik al deed en kreeg daardoor ook last van hoofdpijnen. In het begin was het niet meer dan een snel opkomende pijn die met diep inademen verdween, maar na een tijdje bleven de steken aanhouden. Het duurde dan ook niet lang voordat ik mijzelf op die dagen naar school sleepte om de rest van de dag uit te kijken naar het geluid van de laatste schoolbel.

Ik weet niet meer welke dag het was, maar we hadden een aardrijkskunderepetitie die belangrijk was voor het kerstrapport. Meneer Grit opende de deur en liet ons binnen. Onze blikken kruisten elkaar, met zijn hand voor mijn borstkas hield hij mij tegen. Mijn klasgenoten gingen zitten terwijl meneer Grit en ik in de hal bleven staan.

'Vent, ik weet niet wat er de laatste tijd met je aan de hand is, maar ik wil dat je naar huis gaat.'

Ik keek hem verbaasd aan, ik wilde niet naar huis. Het rooster van mijn lessen hing bij ons op de koelkast en als ik onverwachts eerder thuis zou komen, zou mijn moeder gelijk denken dat ik iets verkeerd had gedaan.

'Ik wil de repetitie maken, meneer.'

Hij schudde zijn hoofd. 'Dat lossen we wel op.' Zijn vinger wees naar mijn linkeroog.

'Ga maar vlug naar huis, Lex, dan kan je in bed uitzieken.'

Ik voelde de kleine stroomstootjes door mijn linkeroog schieten, ze maakten zich op voor de grote aanval.

De fietstocht naar huis leek een eeuwigheid te duren. Met elke omwenteling van de trappers leek mijn hoofd te ontploffen. Ik nam niet eens de moeite om een omweg te nemen. De migraineaanval was erger dan mijn angst voor de man in het recreatiepark.

Uren vroeger dan de bedoeling was zette ik mijn fiets tegen de zijmuur van ons huis. Mijn moeder stond voor het raam en zag mij aankomen.

Haar stem schreeuwde mij tegemoet. 'Ben je weggestuurd?!'

Omdat ik niet wist wat ik moest antwoorden staarde ik naar de neuzen van mijn schoenen. Haar handen op mijn schouders voelden als de hengsels van een rugzak gevuld met al mijn schoolboeken. Ik werd duizelig en misselijk tegelijk.

'Ik heb hetzelfde als meneer Grit en jij, mama.' Ik wees naar mijn trillende oog om mijn punt duidelijk te maken.

Ze liet mijn schouders los, pakte mijn kin vast en keek mij streng in de ogen.

'Praat geen onzin, kinderen hebben geen migraine, ga naar je kamer.'

Door rustig te blijven ademen probeerde ik het kloppen van mijn hoofd te stoppen.

Ik liep mijn kamer in om op mijn bed te gaan liggen toen een golf misselijkheid mij overviel. Ik moest zo vlug mogelijk de trap af zien te komen om de wc te bereiken. De treden dansten onder mijn voeten, mijn mond vulde zich met braaksel.

Mijn moeder kwam op het lawaai af en schreeuwde dat ik rustig moest zijn. Op het moment dat ik mijn maag voor een tweede keer voelde samentrekken wist ik dat het te laat was. Binnen enkele seconden zaten de traptreden onder mijn zurige maaginhoud.

'Sorry mama, sorry!'

Mijn moeder zei in eerste instantie niks, ze keek alleen maar. Het braaksel trok in de stof van de traptreden en het stonk.

Ze stoof de trap op en sleurde mij naar beneden. 'Viespeuk dat je d'r bent!'

Mijn moeder sleepte mij door de gang en rukte de deur van de wc open.

'Hier ga jij kotsen!' Ze drukte mijn hoofd in de wc-pot, kneep in mijn nek en hield mijn lichaam in bedwang met haar benen.

Ik spartelde en vroeg huilend of ze mij los wilde laten.

'Geen denken aan! Ik zal ervoor zorgen dat jij nooit meer over de trap kotst.'

De kloppende pijn in mijn hoofd leek door haar stevige greep in mijn nek nog erger te worden.

'Mama, laat me alsjeblieft los.'

Voor een kort moment verslapte haar greep, ik kon mij loswurmen en kwam overeind. Ik draaide mij om en keek mijn moeder in haar ogen.

'Je gaat die smerige troep zelf opruimen!' Ze liep naar de keuken waar ik haar de kraan open hoorde draaien.

Met een natte theedoek in haar handen kwam ze terug, ze drukte de doek in mijn handen, pakte mij bij mijn schouder en wilde mij naar de trap duwen, maar ik rukte mij los en gooide de theedoek in haar gezicht.

Mijn brutaliteit maakte haar razend. Haar hand schoot omhoog, ze balde haar vuist uit frustratie en woede, klaar om uit te halen.

Een klap in je gezicht is net zoiets als twee treinen die frontaal op elkaar botsen. Het gaat ontzettend snel en de schade is enorm. De knokkels die het zachte weefsel van lippen raken maken ook veel stuk.

Haar hoofd klapte achterover. Snakkend naar adem zocht ze steun tegen de muur in de gang. Haar woede was niks vergeleken met de razernij die ik bij mijzelf voelde opkomen. Ik schrok van mijn eigen kracht, maar op het moment dat ik mijn moeders vlakke hand voor het eerst van mijn leven in een vuist zag veranderen, deden mijn handen hetzelfde.

Mijn handen die ik gebruikte om mijzelf te beschermen tegen haar trouwring op mijn wang. Mijn handen die ik juichend omhoogstak als Dennis uit een vrije trap had gescoord. Mijn handen die zich vouwden bij het bidden om vergeving.

Diezelfde handen balden zich tot vuisten. Nog voor mijn moeder haar woede op mij kon koelen haalde ik uit, zo hard als ik kon.

Toen mijn vuist haar gezicht raakte, wist ik direct dat ik een hoge prijs voor mijn woedeaanval zou gaan betalen, maar het kon mij niks schelen. Het deed er niet toe... Zij deed er niet toe.

17

DE GROTE VERBOUWING

Op de eerste verdieping zijn vijf deuren te vinden. Een deur naar de zolder waar mijn vader en moeder slapen. De deuren naar de slaapkamers van mijn broers, die altijd dicht zitten. Een deur naar de badkamer en de deur naar mijn eigen slaapkamer. Omdat ik geen eigen wastafel met spiegel heb moet ik 's ochtends mijn tanden in de badkamer poetsen. Mijn broers kunnen dat op hun eigen kamer doen en dat maakt mij best jaloers. Het vervelendste aan het missen van een eigen wastafel is dat ik geen plek voor mijn spulletjes heb. Mijn tandenborstel moet in de beker met de borstels van mijn ouders. Soms let mijn moeder niet goed op en gebruikt ze de mijne, dat vind ik smerig. Mijn kam wordt ook door mijn vader gebruikt om zijn haar te kammen, daarna zitten er altijd gekke witte pluisjes op die ik er eerst allemaal af moet halen.

Ik heb wel eens gevraagd of ik ook een wastafel in mijn kamer mocht hebben, maar volgens mijn moeder was daar geen ruimte voor.

Op een vrijdagmiddag ontdekte ik dat mijn slaapkamer niet langer meer mijn slaapkamer was. Door de deuropening zag ik vier mannenbillen. Waar eerst mijn halfhoogslaper had gestaan zaten nu twee mannen op hun knieën de vloer op te meten. Een grote stapel witte badkamertegels leunde tegen de verwarming en ik zag een glimmende wc-pot op de vloerbedekking liggen. De mannen waren zo druk met elkaar aan het praten dat ze mij niet eens zagen. Ik zei zachtjes hallo, maar ze keken niet op. Verward draaide ik mij om en liep de overloop op.

De slaapkamerdeur van mijn oudste broer stond open. Ik keek naar binnen en zag mijn hoogslaper in allemaal losse stukken in zijn kamer liggen. Een grote stapel dozen stond tegen de muur.

'Dozen kosten niks en plastic tassen kosten geld,' zei mijn moeder altijd als we de boodschappen in kartonnen dozen aan het laden waren. Als we dan thuiskwamen en alle boodschappen op hun plek waren gezet gooide ze de lege dozen naast de wasmachine. Eens in de twee weken moest ik die kapotscheuren zodat ze met de vuilnisman meekonden.

Nu stonden ze, gevuld met mijn spullen, in de kamer van mijn broer. Ook al woonde hij sinds kort in Groningen, in de weekenden sliep hij nog steeds in zijn oude kamer. Hij zou ontzettend boos worden als hij mijn spullen in zijn kamer zou zien staan. Zo vlug ik kon begon ik de dozen de overloop op te trekken.

‘Wat ben jij nou aan het doen?!’

Ik was zo geconcentreerd bezig, ik had niet door dat mijn vader ineens achter mij stond. Hij had twee bekers koffie in zijn hand.

‘Ik breng mijn spullen terug naar mijn kamer.’

‘Jouw slaapkamer wordt een nieuwe badkamer met bad en extra wc!’

Ik keek over mijn vaders schouder naar mijn kamer.

‘Waar moet ik dan slapen?’

Mijn vader wees naar de deur van mijn broers kamer.

‘Daar sta je net je spullen uit te halen.’

Ik kreeg het warm en koud tegelijk. Eindelijk kreeg ik een grote kamer met eigen wastafel.

Na een hele week stof en lawaai bestond mijn kleine slaapkamer niet meer. Zoals ik tijdens de wiskundeles van meneer Wiersma met mijn gum verkeerde antwoorden uitwiste, zo was mijn slaapkamer weggegumd uit ons huis. Toen ik nog geen hoogslaper had, sliep ik in een ledikant. Op die plek stond nu een badkuip en waar mijn kleine bureau had gestaan, was nu een grote glimmende wc geplaatst. Het enige wat nog herinnerde aan mijn kleine slaapkamer was mijn stoel, die naast mijn bed of voor mijn bureau had gestaan.

Die werd nu door mijn moeder gebruikt en stond in de nieuwe badkamer met een langwerpige spiegel erop die tegen de rug van de stoel leunde.

Aan de spiegel hingen mijn moeders kettingen met kleurige kralen.

Met de nieuwe badkamer kwamen er ook allemaal nieuwe regels.

We mochten de wc niet 's nachts of vroeg in de ochtend gebruiken. Dan zouden mijn ouders namelijk wakker worden van het doorspoelen.

In het begin gingen we nog wel eens in bad, maar omdat mijn moeder vond dat het bad daarna met een doekje schoongemaakt moest worden, gebruikten we het bad al snel niet meer. De douche in de kleine badkamer werd weer de vaste plek om ons te wassen.

Mijn nieuwe slaapkamer was mooi, maar ik moest er ook heel erg aan wennen. Mijn hoogslaper had ineens veel meer ruimte gekregen, maar toch was ik nog vaak onder mijn bed in de kleine ruimte te vinden. Ik denk dat ik dan het gevoel had nog op mijn oude kamer te zijn, omdat onder mijn bed alles nog hetzelfde was gebleven.

De oude kast van mijn broer moest blijven staan, daar lagen nog heel veel van zijn spullen in. Dat vond ik vervelend, ik wilde graag mijn eigen spullen in de kast leggen. Mijn moeder zei dat ik ondankbaar was en niet zo egoïstisch moest zijn. Ik zei daar maar niks op terug. Misschien had ze wel gelijk, maar ik vond het gewoon heel vervelend dat mijn broer in het weekend altijd mijn kamer in liep alsof het nog gewoon zijn kamer was. Zonder wat te zeggen pakte hij dan iets uit de kast en ging weer weg.

Nadat ik op de trap had overgegeven, had ik mij voorgenomen om zo min mogelijk op te vallen en sloop ik door het huis om elke confrontatie met mijn moeder te vermijden.

Na de klap op de wc keek ze mij nauwelijks aan, en elk woord dat ze met mij wisselde leek haar moeite te kosten. Ik had verwacht slaag te krijgen of een hele week vroeg naar bed te moeten, maar er gebeurde niets.

Een week of drie nadat meneer Grit mij met migraine naar huis had gestuurd zat dokter Metselaar bij ons thuis op de bank. Mijn ouders en de dokter waren zo druk in gesprek dat ze mij niet eens hoorden thuiskomen. Op het moment dat ik de woonkamer binnenliep, viel het stil en legde mijn moeder vlug het telefoonboek op een stapel papieren. De dokter kwam wel vaker bij ons thuis. De ene keer om mijn moeder haar medicijnen te brengen, dan weer om de brandwonden te controleren.

Ik vroeg de dokter hoe het met Tjerk en Jildert ging en of ik ze mocht komen knuffelen.

'Dat mag jij zeker, wanneer je maar wilt!'

Blij met zijn enthousiasme liep ik de woonkamer uit.

In de gang hoorde ik zijn zware stem nog iets tegen mijn ouders zeggen. 'Weet u zeker dat u dit traject wilt doorzetten?'

Ik hing mijn jas aan de kapstok en legde de krant van mijn vader op de dekenkist.

Een week later viel er een dikke envelop voor de ouders van Lex Paleaux op de deurmat.

Hoewel ik moest wennen aan mijn nieuwe kamer waren er ook voordelen. Behalve een eigen wastafel had ik ineens ook meer muur om mijn posters op te hangen.

De poster van mijn torenvalk, die op de schuine wand in mijn oude slaapkamer hing, had ik opgeborgen – die was toch een beetje voor kleine kinderen. In plaats daarvan hing er nu een poster van Led Zeppelin met een trap die naar een prachtig verlichte hemel leidde. Onderaan de poster stond de tekst 'Stairway to heaven'. Omdat mijn ouders niks wisten van de muziek die ik stiekem luisterde, had ik ze wijsgemaakt dat het een poster van de evangelische boekwinkel uit de stad was. Naast de poster van Led Zeppelin hing een poster van Marco van Basten in zijn AC Milan-shirt. Hij rende over het veld met zijn ogen op de bal. Sinds mijn kampioensdoelpunt had ik nog geen nieuwe goal gescoord. Toch smeerde ik elke week mijn Adidas-schoenen in met ledervet. Dit deed ik op vrijdagavond bij mijn poster met Marco, hij was mijn held.

Boven mijn bed was nog een groot stuk muur over. Het liefst zou ik daar een poster van Queen ophangen, maar dat ging waarschijnlijk nooit gebeuren. Mijn broers scholden de zanger uit voor 'aanstellerige homo' en omdat mijn ouders dat ook gehoord hadden, kwam een poster van Queen niet in huize Paleaux.

Mijn vader had een nieuwe bril nodig en mijn moeder had haar zinnen gezet op de kerstkaarten die bij de Expo in de aanbieding waren. De hele familie zat in de auto voor een middagje winkelen. Mijn broers mochten zonder toezicht Leeuwarden in. Omdat ze mij niet mee wilden hebben moest ik bij mijn moeder blijven.

In de Expo bladerde ik door het rek met posters. Ik zag de prachtigste afbeeldingen en wenste dat ik al het zakgeld van de wereld had. Mijn mond viel open toen ik een Lamborghini

Countach op een van de posters zag staan. Hij was rood met een joekel van een spoiler op de achterkant. Ik draaide mijn hoofd naar mijn moeder in de hoop dat ze mij zag. Ze keek niet om en ik bladerde verder.

Opeens stond ik oog in oog stond met Freddie. Hij stond op een podium in een groot stadion dat Wembley heette. Dat wist ik omdat dat op de poster was geschreven: Live At Wembley Stadium. Dat concert luisterde ik bijna elke dag op mijn walkman, maar ik had er nog nooit een plaatje of tv-opname van gezien. Freddie speelde luchtgitaar met zijn halve microfoonstandaard. Hij hield zijn rug achterovergebogen, zijn gezicht naar de hemel gericht. Alsof hij wist wat hem te wachten stond en hij contact zocht met God.

Ik liet mijn moeder de poster zien en vroeg of ik hem van mijn zakgeld mocht kopen.

Ze keek naar Freddie. 'Wie is dit?'

Net op het moment dat ik haar wilde uitleggen wie de man op de poster was, kwamen mijn broers de winkel binnen. Ze zagen mij met Freddie in mijn handen en mijn moeder die met een stapel kerstkaarten in haar hand wachtte op mijn uitleg.

'Bah, dat is die vieze homo! Mam, die komt toch niet in zijn slaapkamer?!'

Mijn bloed begon te koken. Niet omdat ik wist dat ik de poster nu wel kon vergeten, maar omdat ze Freddie vies noemden, en waarom? Ik vond dat ik het voor hem op moest nemen. Freddie maakte de mensen in de stadions voor wie hij zong ontzettend blij, hetzelfde deed hij voor mij op mijn walkman. Ik zou zijn muziek het liefst een keer op de Akai-stereo van mijn vader draaien, maar dat zou niet mogen vanwege het zondige karakter van Queens muziek.

Mijn verlangen om Freddie nog dichter bij mij te brengen werd enkele weken later alleen maar sterker toen hij op een avond in november in het nieuws verscheen. Waar het nieuws normaal altijd opende met een oorlog in een land waar ik de naam niet van kon uitspreken, begon de nieuwslezer nu met de mededeling dat Freddie was overleden.

'Mam, wat is aids?'

Het werd muisstil in de kamer en mijn broers en mijn vader keken ineens heel geïnteresseerd naar Loekie de leeuw.

Mijn moeder keek even voor zich uit. 'Aids is de straf van God. Mensen die zondigen en niet in God geloven worden gestraft. Na de dood met de hel, en in het leven met bijvoorbeeld ziektes. En mannen die op mannen vallen zondigen, daarom krijgen zij een speciale mannenziekte.'

Ik staarde haar vol ongeloof aan en kon die nacht niet in slaap komen. Het concert dat Queen in Wembley had gegeven draaide ik op volle sterkte op mijn walkman. Het derde nummer van het concert heette 'In the lap of the Gods'. Ik hoopte dat Freddie nu bij God was en zijn vermoeide hoofd in Zijn schoot mocht laten rusten.

Met zijn stem in mijn oren viel ik in een onrustige slaap.

De volgende ochtend voelde ik mij leeg en verdrietig.

Op school was de dood van Freddie het gesprek van de dag. De meeste van mijn klasgenoten waren vrij duidelijk over mijn grote held. 'Freddie Mercury brandt nu in de hel, want homo's zijn zondige mensen.'

Ik kon het mij niet voorstellen. Iemand als Hitler of de farizeeërs die Jezus aan het kruis wilden nagelen, die waren inderdaad slecht, maar Freddie?

Alle vragen die ik stelde over 'de nieuwe ziekte' werden beantwoord met de opmerking dat ik er maar op moest vertrouwen dat God, in Zijn almachtige wijsheid, had besloten om deze verschrikkelijke 'homoziekte' over de mensheid af te roepen.

Ik kreeg wel een aantal waarschuwingen mee, want 'aids kon je al krijgen als je iemand een hand gaf die niet door God in genade was aangeraakt'. Een zin waar ik niks van begreep, maar 'aids lag op de loer' en een simpele high five na een doelpunt kon al dodelijk zijn.

Naast dat woord leerde ik de dag van Freddies overlijden ook iets over verdriet. Ik miste iemand die ik nog nooit had ontmoet. Een man die mij kon troosten, maar ook blij kon maken.

Behalve dat zijn stem al jaren voor zijn dood door mijn koptelefoon dreunde, kende ik niets van deze man. Behalve zijn stem, die van God verkregen, wonderschone stem waar er maar één van was.

En die stem kreeg aids, ook van God. Volgens mijn omgeving omdat hij 'een vieze homo' was. Ik kon me niet voorstellen dat God iemand zo'n mooie stem zou geven, een stem die zoveel mensen blij maakte, om hem daarna te straffen.

Toch deed Hij het. Ik was woedend. Op mijn omgeving, omdat ze zijn dood belachelijk maakten en onverschillig hun schouders ophaalden. Maar bovenal was ik boos op God. Hij had Freddie van mij afgenomen. Een daad die ik Hem nooit zou vergeven.

18

HIEPERDEPIEP...?

Vroeger speelde ik graag op zolder. Er staat een tweepersoons logeerbed dat heel zacht is. In het midden van de matras zit een grote kuil, die is er gekomen doordat ik altijd op het bed sprong. Er zijn twee heel smalle raampjes, waar in de zomer nog net de avondzon doorheen kan schijnen. Soms mag ik 'uit logeren' in het tweepersoonsbed. De ondergaande zon zorgt op de muur voor schaduwen van de grote kastanjeboom van de buurman. Mijn middelste broer vindt dat een eng gezicht, maar ik ben helemaal niet bang en slaap graag in het grote bed met de kuil. Mijn ouders liggen in de kamer ernaast. Mijn moeder snurkt een beetje en mijn vader slaapt met zijn rug naar mijn moeder toe. Misschien omdat mijn moeder een beetje vreemd uit haar mond ruikt.

Mijn ogen waren dicht, ik wilde het spannende moment nog even uitstellen. Met gesloten ogen stelde ik mij de dag voor die ging komen. Als ik de woonkamer in zou lopen, zouden er slingers aan het plafond hangen en was de stoel versierd. Een cadeautje lag op de eettafel, klaar om uitgepakt te worden. Voor het avondeten mocht ik kiezen wat ik wilde, ik twijfelde nog tussen poffertjes of pannenkoeken. Gelukkig had ik nog de hele dag om daarover na te denken. Ik sloeg de dekens van mij af en ging naar beneden. Voorzichtig deed ik de deur open en keek eromheen naar het plafond. Ik vond het zo spannend dat ik een droge mond had en ik mijn hart voelde bonzen. De feestelijke slingers zien hangen zou mijn eerste cadeau van de dag zijn.

Omdat mijn vader met mijn oudste broer op vakantie naar Frankrijk was en mijn andere broer bij mijn oom en tante logeerde, was ik alleen met mijn moeder. Dat vond ik erg jammer, maar ik wist zeker dat het alsnog een heel speciale dag zou worden. De lichten in de woonkamer waren nog uit en omdat het nog te donker was, kon ik de slingers niet zien. Ik leunde op de deurkruk en stond op mijn tenen zodat ik bij het lichtknopje kon. De stoffen lampenkap boven de eetkamer sprong aan en toch zag ik helemaal niks.

Verbaasd keek ik naar het plafond, waar de slingers zouden moeten hangen. Ik had ook gehoopt op een paar ballonnen, maar er hing niks. De slingerdoos was wel uit de kelder gehaald, hij stond naast de gietijzeren kachel. Er zat een grote kluwen van slingers in. Een paar van de versieringen waren gekreukeld.

We hadden driehoekvlaggetjes en slingers die op een harmonica leken. Mijn vaders eetkamerstoel was de enige met armleuningen, daar kon je zo mooi slingers omheen wikkelen.

Maar ook de verjaardagsstoel is vandaag gewoon een stoel. Ik snapte er helemaal niks van en rende met twee treden tegelijk de trappen op, naar de zolder, naar de slaapkamer van mijn ouders.

Ik zwaaide de deur open. 'Mama, ik ben ja...'

Boven de dekens schoot een hand omhoog, gevolgd door een sissend geluid. Dat waren mijn moeders lippen die zeiden dat ik stil moest zijn.

Ik kwam dichterbij en trok voorzichtig een stuk deken opzij. 'Maar mama, ik ben toch jarig vandaag?'

Ze knikte, en wees naar haar voorhoofd. Ik wist hoe erg haar hoofdpijn kon zijn. Dan moest ze heel veel overgeven en wilde ze een paar dagen in het donker wonen. Maar toch niet vandaag? Toch niet op de dag dat ik zeven werd? Ik wilde niet huilen omdat ik wist hoe zielig het voor haar was, maar ik vond het toch oneerlijk.

'Krijg ik dan vandaag geen taart en een cadeautje?'

Mijn moeder tilde haar hoofd op. 'Ander keertje, lieverd.' En daarna mompelde ze iets wat leek op: 'Hieperdepiep hoera... Hieperderpiep...?'

Zonder haar aan te kijken zei ik zachtjes: 'Hoera.'

Ik meende het niet. Het liefst wilde ik weer naar mijn slaapkamer om naar mijn wekkerradio te luisteren, maar mijn moeder pakte mijn hand vast. Uit haar portemonnee haalde ze twee briefjes van tien gulden.

'Koop maar een doos lego bij het Geschenkenhuis.'

Kocht ik één grote doos of meerdere kleine doosjes? Terwijl ik voor de deur van de winkel stond, staarde ik naar de neuzen van mijn schoenen en probeerde te bedenken wat ik het beste kon doen. Ik duwde de deur open en werd begroet door het vrolijke belletje bij de deur van het Geschenkenhuis, maar bij de kassa werd ik met kleine oogjes bekeken door meneer Faber, de eigenaar van de winkel.

Meneer Faber was een lange dunne man, zonder lippen, heel enge donkere ogen die bijna zwart leken en een scherpe neus. Als hij praatte bewogen zijn neusgaten mee. Zijn ronde brilletje leek daardoor op zijn neus te dansen. Dat is misschien een leuk gezicht bij andere mensen, maar niet bij hem.

Meneer Faber vond iedereen die in zijn winkel kwam maar lastig, en mensen die zonder het hem netjes te vragen iets van een plank pakten, sprak hij streng toe. 'Kijken doe je met je ogen!'

Kinderen in zijn winkel waren volgens mij het ergste wat hem kon overkomen. Ik begreep dan ook niet waarom juist meneer Faber achter in zijn winkel stellingkasten vol speelgoed had staan.

Ik kwam ook graag naar de mooie etalage kijken, maar zodra je te dicht bij het raam kwam, stoof hij naar buiten om je weg te jagen. 'Geen smerige jatjes op mijn ramen!'

Zijn donkere ogen leken nog donkerder als hij boos was en geschrokken rende ik dan weg. Vandaag zou ik mij niet laten wegjagen, ik was zeven geworden en ik kwam niet naar de etalage kijken, ik kwam langs om iets te kopen!

Het was druk in de winkel. Een paar moeders van kinderen uit de buurt keken naar een glimmend broodrooster met een bordje 'aanbieding' erbij. Bij de kassa stonden twee jongetjes, ze wilden een halve-maanschijf kopen. Dat was een stuk rubber dat je dubbel kon vouwen. Als je hem dan op de grond of op tafel legde schoot hij na een tijdje de lucht in en kon je hem proberen te vangen. Ik kwam niet voor maanschijven of glimmende broodroosters.

Trots liep ik, de twee briefjes van tien gulden in mijn hand, naar het dure speelgoed dat achter in de winkel stond. De dozen met het rode legologo kon ik al zien staan. Ik staarde naar de stellingkast die gevuld was met dozen vol kleurige steentjes, waarmee je de mooiste dingen kon bouwen.

Er was zoveel keuze dat ik niet wist waar ik moest beginnen met kijken. Ik dacht altijd dat je met meer geld makkelijker kon kiezen, maar nu ik eindelijk rijk was en kon kopen wat ik wilde, kwam ik erachter dat er bij de grote legodozen nog veel meer te kiezen was. Ontelbaar veel verschillende soorten technisch lego, brandweerkazernes, legotreinen, de ene doos nog groter en mooier dan de ander. Er waren drie dozen die direct mijn aandacht trokken: technisch lego waar een raceauto op stond; ridderlego waarbij je de kasteelmuur in elkaar kon klappen; en een doos met een politiebureau, twee politieagenten op een motor en een boef achter de tralies. Hoewel ik de technisch lego het liefst wilde hebben was ik daar nog te jong voor. Ik vroeg een mevrouw mij te helpen kiezen tussen de ridders en het politiebureau. Zonder aarzelen wees ze naar de doos ridderlego propvol ridders met lansen en zwaarden, paarden en een echt werkende katapult.

'Kijk, op de achterkant zie je dat je er ook nog allemaal andere bouwwerken mee kunt maken, veel meer dan bij het politiebureau.'

Ik knikte en had mijn beslissing genomen. Ik zette de andere dozen weer netjes terug in de stellingkast. Met mijn verjaardagscadeau in mijn handen en de twee tientjes tussen mijn lippen geklemd liep ik naar de kassa.

Ik tilde de legodoos op de toonbank en legde de twee briefjes ernaast.

'Deze, alstublieft!'

Door zijn brilletje keken de donkere ogen van meneer Faber mij deze keer gelukkig vriendelijk aan. 'Zo Lex, kom je eindelijk eens iets bij mij kopen? Dat vind ik gezellig.'

Ik glimlachte en was blij met zijn vriendelijke woorden.

Hij tikte de prijs die op de zijkant van de doos stond in op de kassa.

'Dat is dan 19 gulden en 95 cent, Lex.'

Ik schoof meneer Faber de blauwe briefjes toe en zag hoe de kassalade openschoot. De tientjes verdwenen in een vakje waar nog meer tientjes in lagen. Uit een smaller vakje pakte hij een glimmende stuiver en drukte die, samen met een bonnetje, in mijn hand. Ik was dolgelukkig en strekte mijn handen uit om de legoridders aan te pakken.

'Is het een cadeau?'

Hoe het kwam weet ik niet, het was november en koud, maar ik begon te zweten en wilde eigenlijk de winkel uit rennen om af te koelen. Ik wist niet hoe ik op zijn vraag moest antwoorden. Meneer Faber stond met een rol pakpapier in zijn handen te wachten.

'Lex, is het een cadeautje?'

Ik durfde hem niet aan te kijken en verdrietig keek ik naar de neuzen van mijn gympies. 'Het is een verjaardagscadeau.'

19
SCHEER JE WEG

De kamer van mijn middelste broer heeft twee grote ramen. Door het ene raam kijk je over de tuin van de buurman en vanuit het andere raam kun je de grote weg met de bushalte zien. De wastafel op deze kamer gebruikt mijn vader om zich te scheren, hij doet dat omdat het licht hier het beste is.
De woeste baard die hij had toen ik nog klein was, had hij op een dag afgeschoren. We moesten allemaal lachen om de man met de stem van papa, maar die totaal niet op hem leek. Sinds die dag scheert hij zich twee keer in de week. Zijn scheermes staat rechtop in een beker, naast de tandenborstel van mijn broer. Er zit een beetje hard geworden scheerschuim op het handvat. In de prullenbak onder de wastafel liggen de gebruikte mesjes. Ze zijn nog scherp, maar niet meer bruikbaar voor zijn gezicht, tenminste, dat zegt mijn vader. Na twee keer scheren met hetzelfde mesje vindt hij het niet meer hygiënisch.

Op woensdag en zaterdag schoor mijn vader zich, de andere dagen liet hij zijn baard gewoon staan. Ik verbaasde mij er altijd over hoe snel zijn baard groeide. Als hij op zaterdag zijn baard net had geschoren, was zijn gezicht helemaal glad. Maar als hij mij op zaterdagavond in bed stopte en zijn wang bij het welterusten wensen die van mij aanraakte, voelde ik alweer allemaal kleine stoppeltjes op zijn gezicht.

Ik was net thuisgekomen van mijn voetbalwedstrijd en zat op mijn broers bureaustoel. Ik draaide rondjes tot ik de perfecte hoogte had om te kijken hoe mijn vader zich voorbereidde op zijn scheermoment deze zaterdagochtend. Ik keek graag naar mijn vader als hij zich schoor. Hij deed dat heel nauwkeurig en zorgde ervoor dat hij geen haartje miste. Via de spiegel keek hij naar mij en dan kreeg ik het gevoel alsof we praatten zonder dat we echt iets tegen elkaar zeiden.

Hij had een scherpe neus en droeg een grote bril. Achter de brillenglazen had hij groene en, volgens mijn moeder, sprekende ogen. Ik begreep niet zo goed wat ze daarmee bedoelde. Pas toen ik naar de middelbare school ging en meneer Grits blauwe ogen zag begon ik haar beter te begrijpen. Als we te lang doorpraatten of lachten, hoefde hij maar met zijn ijsblauwe ogen de klas in te kijken en we werden muisstil. Bij mijn vader was het eigenlijk hetzelfde. Je kon de boosheid in zijn ogen zien groeien, of zijn blijdschap wanneer hij iets leuks zag of hoorde.

Zijn harde kaaklijn zat vol zwarte stoppels, die hij met enkele halen van zijn scheermes weg zou halen.

Op foto's van vroeger was bijna zijn hele gezicht bedekt onder een gitzwarte baard. Zijn haren waren bijna net zo lang als die van mijn moeder, tenminste toen ze nog het lange haar had van vóór de brand. Maar toch leek mijn vader op de foto's niet op een meisje, ik vond hem nog het meest op de Here Jezus lijken.

Ik hoopte dat ik later ook een baard kon laten groeien. Niet omdat ik op Jezus wilde lijken, maar op mijn vader. Mijn moeder zei dat ik mijn vaders kaaklijn had. Als dat waar is dan zou een baard mij later ook wel goed staan. Er was alleen nog geen stoppeltje te bekennen. Tot het zover was, lette ik goed op hoe hij zich elke woensdag en zaterdag schoor.

Zijn scheermes had een grijze knop waar je aan kon draaien. Als de twee metalen schuifjes dan openklapten kon je er het nieuwe, scherpe mes in doen. Soms mocht ik het verwisselen, ik moest dan altijd een beetje kracht zetten omdat er hard geworden scheerschuim tussen het grijze knopje en het zwarte handvat zat.

Op de rand van de wastafel legde hij een dubbelgevouwen handdoek klaar. De warmwaterkraan draaide hij helemaal open. De damp laat de spiegel beslaan, waarna hij die met zijn handen in een vlugge beweging schoonveegde.

Zijn bril deed hij voorzichtig af en legde die op de vensterbank. Met zijn handen maakte hij een kommetje, hij ving het water op en gooide het in zijn gezicht. De baardstoppels raspten onder zijn slanke vingers, ik vond dat een gezellig geluid. Hij maakte ook altijd de achterkant van zijn nek schoon, wat ik niet begreep. Met zijn scheermes kwam hij er niet eens in de buurt, toch werd die plek nooit overgeslagen. Met de handdoek depte hij zijn gezicht droog – 'Niet té droog, anders blijft het scheerschuim niet goed zitten.' Hij zei dat op een manier alsof hij het zelf heel vaak vergeten was. De wastafel werd gevuld met water, zodat hij het scheermesje makkelijk kon schoonspoelen.

Ik mocht het scheerschuim in mijn vaders handpalm spuiten. Het was de kunst om het knopje van de spuitbus krachtig, maar toch ook voorzichtig in te drukken. Deed je dat niet, dan zaten de wastafel en de spiegel onder het scheerschuim en werd mijn vader boos. Het schuim leek een beetje op slagroom en ik moest altijd een beetje in mezelf lachen als mijn vader 'de slagroom' over zijn gezicht verdeelde. De binnenpret veranderde in hardop lachen als hij zijn lippen naar binnen vouwde om zijn kin ook goed in te smeren. Als hij zijn mond dan weer ontspande leek hij net een clown met een wit gezicht en twee knalrode lippen.

Het Gillette-scheermes dompelde hij in het water en haalde hij voorzichtig over zijn gezicht. Na elke drie streken haalde hij het mes door het water en klopte het aan de wastafelrand af.

Het heldere water veranderde in een witte vloeistof vol met zwarte stoppeltjes. Als zijn gezicht helemaal fris was, depte hij zijn gladde huid voorzichtig droog met de handdoek. Uit zijn toilettas pakte hij zijn flesje Fresh Up. Hij goot wat vloeistof in zijn handen en sloeg zichzelf een paar keer in het gezicht, meestal jammerde hij omdat 'het zo brandde'.

'Ging het voetballen goed?'

Ik knikte en vertelde dat ik een voorzet had gegeven waar bijna een doelpunt uit voortkwam. Jammer genoeg belandde de kopbal op de lat.

'We hebben wel met 2-1 gewonnen, kampioen worden we dit jaar alleen niet. Daarvoor lopen we al te ver achter op de koploper.'

Mijn vader vroeg wat ik daarvan vond. Ik vertelde hem dat je niet altijd kon winnen, en dat het niet erg was.

'Je wordt al een echte man.' Mijn vader zei het terwijl hij mij over mijn wang aaide.

Ik glunderde van trots bij deze bijzondere woorden.

'Kom, ik ga je leren scheren.'

Ik wist niet hoe snel ik naast mijn vader voor de spiegel moest staan.

Ik kreeg een nieuw mes en mijn vader spoot het scheerschuim in mijn hand.

'Nu voorzichtig over je huid uitsmeren en als je bij je kin bent, je lippen naar binnen vouwen.'

Een tel later zag ik er ook uit als een clown en mijn lippen leken nog groter dan ze al waren.

Mijn vader en ik kregen de slappe lach en de tranen die over mijn wangen stroomden trokken spoortjes in het scheerschuim.

'Nu moet je goed opletten, het is belangrijk dat je snel maar zorgvuldig werkt. Lange halen waarbij je het mes precies schuin genoeg houdt.'

Ik luisterde aandachtig en knikte hem via de spiegel toe dat ik het begrepen had. Bij de eerste aanzet van het scheermes op mijn wang voelde ik de koelte van het lemmet tegen mijn huid. Ik gaf een beetje druk en zag het scheerschuim verdwijnen. Mijn wang kwam weer tevoorschijn. Mijn vader knikte goedkeurend en deed voor hoe ik het overtollige scheerschuim van het mes moest kloppen. Het water in de wastafel werd troebel, de vlokken schuim die op het water dreven leken een beetje op de branding van de Middellandse Zee tijdens onze vakantie.

'Papa... ik moet je wat vertellen.'

Misschien was het niet het beste moment om eerlijk te zijn, maar we hadden het zo fijn samen en moesten zo lachen dat ik dacht dat hij mijn zonde wel zou vergeven.

'Ik heb de brief van meneer Rozema gelezen. Hoef ik alsjeblieft niet naar de psychiatrische jeugdkliniek? Ik zal mij als een man gedragen en mijn gedrag beteren, ik belo...'

Mijn vader pakte het scheermes uit mijn handen en legde het in zijn beker naast de tandenborstel. 'Hier, veeg je gezicht schoon.' Hij wierp mij de handdoek toe en liep richting de slaapkamerdeur. 'De post lezen van volwassenen is niet toegestaan voor kinderen. Wat heb ik me in jou vergist, jij bent geen man.' Hij sloeg de deur achter zich dicht.

Het scheerschuim veegde ik met een harde veeg weg. Het ruwe textiel schuurde over mijn wang, het brandende gevoel deed mij denken aan een klap in mijn gezicht. Ik bleef net zo lang vegen tot mijn wang openlag.

Nadat ik alles zo goed mogelijk had schoongemaakt ging ik op de trap zitten. In de keuken was mijn vader bezig met het middageten. Met mijn hoofd tussen de spijlen van de trap kon ik hem precies voor het aanrecht zien staan.

'Papa, het spijt me.'

Hij haalde zijn schouders onverschillig op.

'Berouw komt altijd na de zonde, Lex. Misschien is het wel goed voor jou om een tijdje bij mensen te wonen die net als jij "anders" zijn.'

'Maar ik wil niet anders zijn!' Ik vloog de trap af, rende naar hem toe om mijn armen om hem heen te slaan, maar stootte tegen de snijplank op het aanrecht. De uien voor het middageten rolden over de grond.

Het mes boorde zich met zijn punt in de linoleumvloer en bleef trillend staan, vlak naast mijn vaders voet. Hij hapte naar adem en bukte zich om het mes uit de keukenvloer te trekken.

'*Merde*' scheldend bekeek hij de schade aan de keukenvloer waar een lelijke scheur was ontstaan.

Zoals dokter Metselaar mij had verteld dat ik veel met mijn duim over mijn litteken moest wrijven, zo wreef mijn vader nu met zijn duim over de vloer.

'Dit is nou precies wat ik bedoel! Verdwijn Lex, uit mijn ogen. Scheer je weg!'

Ik rende de keuken uit, waarbij ik de twee treden van de bijkeuken oversloeg. De achterdeur stond open en ik sprintte naar buiten.

Achter de garage ging ik onder de dennenboom zitten. Precies op de plek waar mijn broer en ik jaren geleden voor het eerst samen rookten, begroef ik nu mijn hoofd in mijn armen. De woedeaanval die ik voelde opkomen, probeerde ik uit alle macht te controleren. Ik sloeg een paar keer tegen de zijkanten van mijn hoofd en vroeg God of Hij mij wilde helpen mijn demonen te bestrijden en mijn boosheid weg te nemen.

Maar God antwoordde niet, waarschijnlijk waren er mensen

die er meer toe deden dan ik. Mensen die de aandacht op zich wisten te vestigen op zo'n manier dat zelfs God niet om ze heen kon.

Mijn moeder kwam thuis en ik hoorde hoe ze haar fiets tegen de zijkant van het huis zette. Ik verliet mijn verstopplek om mijn excuus aan mijn moeder te maken en te vragen of ik alsjeblieft niet naar de kliniek hoefde. Vlak achter haar liep ik de keuken in, waar ze mijn vader op zijn knieën zag zitten. Hij keek nog steeds naar de beschadigde vloer.

'Wat heb jij nou gedaan?' Tot mijn verbazing klonk haar stem niet eens boos.

Mijn vader keek op, en voor hij kon antwoorden lachte mijn moeder en plaagde mijn vader met zijn onhandigheid. Ze aaide hem over zijn hoofd en gaf hem een kus op zijn wang. Ze liep de gang in om haar jas op te hangen.

'Het kwam door Lex.'

Mijn vader had mij niet hoeven verraden, tenslotte was mijn moeder niet boos geworden en had hij er geen reden toe gehad.

Halverwege de gang draaide mijn moeder zich om. 'Maar natuurlijk, hoe kan het ook anders!' Ze wees naar de trap. 'Naar je kamer.'

Een rilling liep over mijn schouders toen ik langs haar liep. Ze sloeg me niet, maar ik voelde haar ogen in mijn rug prikken.

Ik zat op mijn bureaustoel en bladerde in mijn agenda. In gedachten herhaalde ik keer op keer mijn vaders beschuldiging. 'Het kwam door Lex.'

Ik was zo boos op hem en kon mij bijna niet voorstellen dat

we even daarvoor nog zo hard moesten lachen. Ik realiseerde mij dat de fijne momenten er ook niet toe deden. Weggestuurd worden zou ik toch wel.

Beneden hoorde ik mijn ouders nu in de keuken samen praten. Hun stemmen klonken vriendelijk.

'Wie snijdt er nou ook uien met een vleesmes?' hoorde ik mijn moeder lachend zeggen. Mijn vader mompelde iets en mijn moeder lachte nog harder. Hem zou ze nooit wegsturen, wat hij ook deed, maar dat was ook niet zo gek want hem zou ze missen en mij niet...

Mijn adem stokte bij de gedachte die in mij opkwam. Of het een idee van Satan, mijzelf of een goddelijke ingeving was weet ik niet meer, maar ineens wist ik wat ik moest doen. Eenvoudig zou het niet zijn, maar ik kreeg een plan om Gods aandacht te trekken.

20
MIJN KAMER WAS KLEIN

De badkamer heeft elke herinnering aan mijn slaapkamer verborgen onder een laag witte tegels. De grote wastafel, de glimmende wc en de badkuip waar je bijna in kan zwemmen, hebben alles wat deed denken aan mijn kleine slaapkamer uitgewist. Ook al wordt hij bijna nooit gebruikt, toch wordt de badkamer elke week grondig gepoetst, en ruikt het er altijd heel fris. Het enige wat nog doet denken aan mijn kleine kamer is mijn oude stoel die ik als nachtkastje gebruikte. Nu staat de spiegel van mijn moeder erop. Mijn nieuwe bureaustoel heeft zwenkwielen en een verstelbare rugleuning. Ik ben er ontzettend trots op, maar ga toch nog vaak in de deur van de badkamer naar mijn oude stoel kijken. In de spiegel heb je precies zicht op de badkuip. Een deel van de spiegel is beslagen, dat komt door de stoom die van het badwater afslaat. Door de mist van waterdamp heen zie ik in de spiegel een gezicht met een harde kaaklijn.

De busreis van school naar huis was ontspannen, ik genoot van de muziek van Queen die door de koptelefoon dreunde en nam de voorbijsnellende omgeving in mij op alsof ik hier voor de eerste keer was.

Toen we in de buurt van het recreatiepark kwamen draaide ik mijn hoofd weg, iets wat vanzelf ging. Ik keek naar de koeien in het tegenoverliggende weiland en probeerde ze te tellen. Ik kwam niet verder dan negen, toen waren we er alweer voorbij.

De laatste paar kilometer naar huis waren best saai. De weg ging alleen maar rechtdoor en er was weinig te zien. Vlak voor we de dorpsgrens bereikten, moest de bus nog een spoorwegovergang over. Bij helder weer kon ik die al ver van tevoren zien aankomen.

De bus trilde toen de wielen over de treinrails reden, mijn koptelefoon gleed van mijn hoofd en ik moest de kussentjes weer even goed op mijn oren zetten. De walkman sloot mij af van de geluiden in de bus en het lawaai van het verkeer buiten.

Bij het uitstappen keek ik naar de overkant van de weg en zag mijn huis staan. De pruimenboom zat propvol rijpe pruimen en ik nam mij voor er zo nog een paar te plukken. De arm van de vrouw die mij nog net voor de vrachtwagen wegtrok, maakte mij boos, terwijl zij alleen maar wilde helpen.

Toen ik de oprit van mijn huis op liep verdween de boosheid weer. Een raar soort spanning kwam ervoor in de plaats. Hetzelfde gevoel had ik ook voor een voetbalwedstrijd, maar dan vond ik het fijn, deze spanning was nieuw en voelde onwennig aan.

Nadat ik mijn vader had gesmeekt om niet uit huis te worden geplaatst veranderde er in korte tijd van alles. Mijn ouders waren vaak druk met elkaar in gesprek, maar hielden zich stil zodra ze mij zagen. Er werd niet naar mijn schoolresultaten gevraagd en als ik bij vrienden wilde eten mocht dat altijd, terwijl ze daar vroeger heel moeilijk over deden.

Het intakegesprek op de instelling was een week na het 'scheermoment'. Of dat toeval was, weet ik niet, maar het gevoel dat ze van mij af wilden, werd er alleen maar sterker door. Ik zou binnen twee weken opgenomen worden en iedereen zei mij dat ik mij het beste bij de situatie kon neerleggen. Terwijl mijn ouders plannen voor mijn toekomst aan het maken waren, deed ik hetzelfde voor hen.

Het idee dat op mijn slaapkamer in mijn hoofd was gekropen kreeg steeds meer vorm en na het intakegesprek wist ik het zeker, ik twijfelde er geen moment meer aan.

Ik zou gestraft worden, dat wist ik zeker. Maar het vooruitzicht van straf deed me de laatste maanden al niks meer en dat zou nu niet veranderen. Gods toorn zou mij ook niet kunnen raken, ik vroeg mij al een poos af of Hij wel bestond.

Tenslotte had Hij mij niet opgevangen in de klas, niet beschermd in het recreatiepark en had Hij mijn ouders tot de beslissing laten komen dat ze beter af waren zonder mij.

Op de avond van de dag dat ik mijn moeder had geslagen

hoorde ik mijn ouders in de woonkamer praten. Ik zat op de trap en stak mijn hoofd zo ver mogelijk tussen de spijlen van de trap door.

'Wat doen we toch verkeerd bij die jongen?' De machteloosheid in de stem van mijn moeder maakte mij bijna aan het huilen en ik voelde mij schuldig dat ik haar zoveel verdriet deed.

Dat gevoel was verdwenen toen ik de volgende ochtend merkte dat ik voor het eerst in jaren weer in mijn bed had geplast. Het was tot op de overloop te ruiken.

'Je doet het gewoon expres!'

Ik werd duizend keer liever wakker van de plaswekker dan van mijn moeders gegil. Aan mijn arm sleurde ze me mijn bed uit, de overloop op. Voelde ik mij de avond daarvoor nog schuldig om haar verdriet, nu was er niets dan haat. Voor mijn moeder voelde ik geen liefde, door mijn vader was ik verraden en God had mij in de steek gelaten.

Ik zou voor mijn daad in de hel belanden. Ik stond op het punt het zesde van Zijn tien geboden te breken. Maar wat zou mij in de hel te wachten staan? Als God mensen een talent gaf om het daarna op een gemene manier weer van ze af te pakken, zoals Hij bij Freddie had gedaan, wilde ik niet eens naar de hemel. Aan de andere kant was het ook zo dat Jezus voor onze zonden was gestorven aan het kruis.

Als dat echt waar was dan waren Freddies zonden, wat die dan ook in Gods ogen geweest mochten zijn, vergeven en was hij nu in de hemel. Misschien zou mijn aanstaande zonde dan ook vergeven worden. Hoewel mijn zonde de allerergste was die je kon begaan, was dat voor mij geen reden om niet door te zetten. Ik wilde aan mijn familie laten zien dat ik iemand was om rekening mee te houden. Iemand die voor zichzelf kon opkomen, precies zoals papa dat jaren daarvoor had gedaan op het moment dat hij zijn collega met de spijkerplank in de bibs sloeg.

Toen ik door de achterdeur de keuken in liep, was ik ervan overtuigd dat dit het enige juiste was dat ik kon doen.

Dankzij een migraineaanval van meneer Grit had ik mijn gedachten, eerder die middag in het tussenuur, op kunnen schrijven. Ik wist dat ik degene was die ging zondigen, en niemand anders. Ik had een blaadje uit mijn schrift gescheurd en met ieder woord dat ik opschreef werd ik zekerder. Voor heel even voelde ik mij de sterkste jongen van de school.

'Wat kijk jij blij.' Manfred stond met zijn rugzak over zijn schouder voor mij.

Ik glimlachte, maar wist niet wat ik moest zeggen. 'Hé, je veter zit los.'

Manfred bukte zich om zijn veter te strikken.

Ik keek nog eens goed naar zijn Fila-sportschoenen en was nog steeds jaloers.

'Kom je na school bij mij thuis muziek luisteren? Ik heb een nieuwe cd van Bob Marley.'

Ik schudde mijn hoofd en vertelde hem dat ik niet kon.

'Jammer, man.' Hij werd door een klasgenoot geroepen en liep bij mij vandaan. 'Lex, zie ik je zo nog?'

Ik knikte en hij stak zijn duim omhoog.

Met mijn schooltas over mijn schouder liep ik de trap op. Ik ging de slaapkamer van mijn middelste broer binnen, haalde diep adem en begon met het treffen van de voorbereidingen. Beneden hoorde ik mijn vader thuiskomen en in zijn stoel plaatsnemen. De radio werd aangezet en de stem van de Franse nieuwslezer vertelde hem over zijn geboorteland.

Ik liep naar de nieuwe badkamer en opende de deur. Vroeger was dit mijn slaapkamer, twee meter zeventig bij twee meter veertig groot.

21

IK GA SLAPEN

Het gezicht in de spiegel heeft uitgesproken trekken. De ogen die boekdelen spraken, lijken alles te hebben gezegd. In het spiegelbeeld is een hoofd zichtbaar dat op de rand van het bad leunt. De harde kaaklijn is volgens mijn biologieleraar ontstaan doordat God twee mensen het geschenk gaf om nieuw leven te laten creëren. Het badwater, vertroebeld door het bloed, lijkt een beetje op de donkerrode deken waar pake mij ooit in had gewikkeld om weer op temperatuur te komen. Warmte voelt het koud geworden lijf allang niet meer. Nauwelijks merkbaar voor het blote oog is de oppervlakkige ademhaling zichtbaar. Een laatste handreiking naar het leven om zich daarna door de dood te laten omhelzen.

Mijn hart klopte in mijn keel en ik voelde mij opgejaagd.

Ik haalde de brief uit mijn schooltas en las mijn woorden voor de laatste keer goed door. Ik wilde er zeker van zijn dat ik geen schrijffouten had gemaakt en dat ik een duidelijke brief had geschreven. Ik likte de plakrand van de envelop dicht en slikte de vieze smaak zo snel mogelijk weg. De badkamerdeur deed ik dicht en op slot. De brief zette ik op mijn oude stoel, tegen de spiegel. Mijn moeders langste ketting, groen van kleur met okergele kralen, zorgde ervoor dat de brief niet weggleed.

Ik keek naar mezelf. Mijn gezicht, door mijn broers altijd als 'lelijk' bestempeld, bestudeerde ik zorgvuldig.

Mijn ogen zijn groen en hebben een donkerbruine ring om de pupil zitten. Met hun ovale vorm en lange wimpers worden ze koeienogen genoemd, maar als ik zo eens goed kijk vind ik ze best mooi. Mijn wenkbrauwen zijn net halve manen, alsof mijn ogen onder twee afdakjes schuilen. Mensen zeggen vaak dat ik, vanwege mijn ogen, een boze uitstraling heb. Dat vind ik gek omdat ik mij juist meestal verdrietig voel. Mijn mond glimlacht altijd, ook als ik niet hoef te lachen. Mijn mondhoeken krullen namelijk een beetje omhoog, ik vind dat er vriendelijk uitzien. Kastanjebruin haar valt met een heel klein beetje slag rond mijn gezicht. Ik zou het graag langer laten groeien, maar dat vinden mijn ouders niet netjes. Dat vind ik stom. Mijn vader had vroeger lang haar en dat was nou juist wat mijn moeder zo mooi aan hem vond. Tenminste, dat is wat mijn vader mij een keer vertelde toen ik hem zei dat ik later ook lang haar wilde. Bij nader inzien vind ik mijn gezicht toch wel leuk.

Ik draaide mij om en kleedde mijzelf uit. Mijn spijkerbroek vouwde ik netjes op en legde ik samen met mijn trui op de gesloten wc-bril. Mijn sokken propte ik in mijn gympies die ik onder de wastafel schoof, mijn onderbroek hield ik aan. Ik wilde niet dat iemand mijn blote piemel zou zien.

Ik draaide de kraan van het bad open en vulde het met warm water. Met het stijgen van het badwater daalde mijn hartslag en mijn ademhaling werd rustiger. Ik keek nog een keer om mij heen of ik alles netjes had achtergelaten, en stapte in bad.

Het warme water zorgde ervoor dat mijn onderbroek aan mijn billen plakte. Ik dompelde mezelf onder. Met mijn oren onder water leek het net alsof ik aan het zwemmen was in het zwembad in Frankrijk. Mezelf onderdompelen en laten verdwijnen bleef toch het fijnste gevoel ter wereld. Ik hield mijn adem in tot mijn borstkas bijna ontplofte, kwam weer boven en haalde diep adem, terwijl ik het haar uit mijn gezicht veegde.

Ik stak mijn hand uit naar mijn broek en wurmde mijn vingers in mijn broekzak.

Jaren geleden peuterde ik op bijna dezelfde manier een Wilhelmina-pepermunt uit mijn broekzak, nu voelde ik tussen mijn duim en wijsvinger het koude lemmet van een scheermes. Kleine haartjes dreven om mij heen toen ik het in het badwater schoonspoelde. Uit de vuilnisbak onder de wastafel in mijn broers kamer had ik een gebruikt mesje gepakt. Een nieuw mes pakken had ik niet gedurfd, bovendien gebruikt mijn vader zijn mesjes maar twee keer en zou het nog scherp genoeg moeten zijn.

Ik nam het scheermes in mijn rechterhand, hield het tegen mijn pols en haalde diep adem. Ik bedacht hoeveel doekjes mijn moeder nodig zou hebben om de badkuip schoon te krijgen, toen sloot ik mijn ogen en drukte het koude lemmet in mijn huid.

Een kleine gil, gevangen in een zucht van opluchting, weerkaatste tegen de badkamertegels. Zacht bad ik het 'Onze vader' en haalde het mes over mijn pols. Bloed stroomde krachtig uit mijn aderen, waardoor het badwater donkerrood kleurde. Ik werd duizelig, maar wist met mijn verzwakte linkerhand die beweging bij mijn rechterpols te herhalen. Mijn handen drukte ik onder water, mijn hoofd liet ik op de rand van het bad rusten. Ik kon mijzelf nog net in de spiegel zien. Mijn gezicht was wit, mijn ogen leken nog groener en mijn haar nog donkerder. Ik glimlachte tevreden en rustig ademend keek ik omhoog. Op de schuine wand boven het bad hing vroeger een poster van een torenvalk.

Voor een kort moment sloot ik mijn ogen…

Het winterwater kraakte onder mijn voeten. Het publiek reageerde uitzinnig bij mijn doelpunt. Jay rende mij over de parkeerplaats tegemoet. Ik maakte de grootste plons aller tijden in het zwembad van de camping. Rook mijn vaders boeuf bourguignon. Ik viel met gespreide armen achterover van mijn stoel en hoorde mijn klasgenoten gillen. Ik zag mijn moeder die aan dokter Metselaar vertelde dat ze haar leven aan zich voorbij zag flitsen.

Ineens begreep ik wat ze in het gesprek met de dokter bedoelde. Ze had gelijk.

Ik zakte weg en wist niet zeker of ik nou sliep of droomde. In de verte hoorde ik een bekend geluid. Een vertrouwd geluid, in een traag ritme. Het waren de voetstappen van mijn vader die de trap op liep.

'Lex, waar ben je?'

Lieve Papa en Mama

Ik had willen leren zingen zoals Freddie Mercury. De Elfstedentocht willen schaatsen in plaats van glijden. Nog één keer een doelpunt willen scoren, maar deze keer met jullie aan de zijlijn. Ik had willen laten zien dat ik een hond kan opvoeden, die zou goed luisteren en niet, zoals Bommel, in de gordijnen hangen. Ik had mijn baard willen laten staan, zoals papa vroeger, omdat ik wilde weten of ik op hem leek. Eigenlijk wilde ik het allerliefst dat jullie trots op mij zouden zijn geweest. Lieve mama, het spijt mij heel erg dat ik je geslagen heb, dat had ik niet mogen doen, ik hoop dat je mij dat wilt vergeven. Pap, ik vond het heel fijn dat je mij hebt leren scheren, ik hoop niet dat je verdrietig was dat ik het daarna verpestte. Ik wilde ook nog zeggen dat het heel lief was dat je alsnog naar de kampioenswedstrijd was gekomen, dat vond ik fijn. Er zijn meer dingen waar ik vergeving voor zou willen vragen, maar ik weet niet zo goed hoe en of het zin heeft.
Als jullie boosheid gezakt is, willen jullie misschien toch nog éénmaal mijn slaapgebed voor mij zingen...

Ik ga slapen, ik ben moe,
'k sluit mijn beide oogjes toe.
Heere houdt ook deze nacht
over mij getrouw de wacht.

Kus, Lex

Lex Paleaux
Winterwater, *roman*, 2020
ISBN 978 90 6265 792 6

«Huiveringwekkend beeld van een eenzame Friese jeugd in een gezin waarin de zwaargelovige moeder wordt geplaagd door migraineaanvallen en epilepsie en de Franse vader eerder wegkijkt dan ingrijpt in tijden van nood. Paleaux geeft nogal wat prijs op een manier die lezers moet doen sidderen. Hij wilde vertellen uit het perspectief van een kind, zonder dat de toon 'kinderachtig' werd. Daarin is hij geslaagd.» – Kirsten van Santen in *Leeuwarder Courant*

«Schrijnend verhaal dat je geschokt achterlaat. Niet dat de verhalen somber zijn, integendeel zelfs, de manier waarop de jongen vertelt is eerder opgewekt te noemen. De teneur is niettemin benauwend en het boek eindigt dan ook met een drama. In een beeldende stijl weet Lex Paleaux uiteen te zetten hoe de gevoelswereld van de jongen botst met in het leven teleurgestelde ouders binnen een streng christelijke achtergrond. » – Marjo van Turnhout op *Leestafel*

«In korte hoofdstukjes wordt de lezer meegenomen in de gezinsbeleving van de hoofdpersoon, vanaf de lagere school tot en met de eerste klas van de middelbare school. Het fictieve verhaal, gebaseerd op autobiografische feiten, is in een heldere, beeldende stijl geschreven.» – M.J.P. Voorhuis voor *NBD / Biblion*

«*Winterwater* raakt de lezer ongemeen hard! Hoogte- en dieptepunten volgen elkaar op om de lezer uiteindelijk naar een onthutsende apotheose te leiden. Het schrijnende lot van de jongen komt aan als een geestelijke slag in het hoofd van de lezer. Buitengewoon knap debuut.» - André Oyen op *Lezers tippen lezers*

«Lex Paleaux zet een onverwacht intens verhaal neer. Je stapt zomaar ergens het verhaal binnen. Waar het leven van Lex in het begin soms wat moeilijk maar niet meteen dramatisch lijkt, brak mijn hart steeds een beetje meer naarmate het boek vorderde. Wat een verteltalent heeft Paleaux. Na het uitlezen van dit boek moet het dan ook echt even bezinken.» – Annelien Kruithof op *Boekleven*

«Juryleden van de debuutprijs let op! Hier is een kandidaat! De stijl die de auteur daarbij gebruikt, mag nogal uniek genoemd worden. Hij beschrijft de emoties van Lex op zo'n onderkoelde manier, dat het nergens melodramatisch wordt. Maar ze komen zeker heel hard aan bij de lezer. Ze dragen onvermijdelijk bij aan een beklemmende sfeer. Een boek dat je ontroert en lang zal bijblijven met een sympathieke hoofdpersoon met wie je zijn jeugd mag meebeleven. Geschreven in een stijl die je direct laat verlangen naar zijn volgende boek.» – Kees de Kievid op *Boekenbijlage*

«Een verhaal over de vergeefse loyaliteit van een kind met zijn omgeving. De verteltrant, waarbij de verbeelding actief wordt aangesproken, maakt het boek tot een aangrijpende roman.» – Job ter Steege op *Leeskost*

«Op bijna elke bladzijde zijn het verdriet en de angst voelbaar. Als hij ook nog eens verkracht wordt zijn die angst en het verdriet te groot. Hij doet drie pogingen om het te vertellen. Het komt bij niemand aan. En dan komt die ene brief, de brief die 'aan de ouders van Lex Paleaux' is gericht. Dit alarmerende boek is geschreven 'Voor de onzichtbare, onhoorbare, maar onmisbare'. Dat is een duidelijke opdracht: voor de ouder die zich geen raad weet met de opvoeding van de kinderen of voor de vriend die zijn hand op een schouder legt.» – Margot Poll in *NRC Handelsblad*

Lex Paleaux

Het leven is een circus, *roman*, 2020

ISBN 978-94-93214-07-1

«Wanneer je denkt dat het na *Winterwater* niet persoonlijker kon, dan heb je het mis. Paleaux laat nóg meer van zichzelf zien in *Het leven is een circus* en vlecht ditmaal het verleden en het heden prachtig in elkaar. Ondanks de overlap in de twee boeken, heb je niet het gevoel dat Paleaux in herhaling valt. Hij heeft het voor elkaar gekregen om dit tweede boek juist een prachtige aanvulling te laten zijn op het eerste.» – Annelien Kruithof, *Boekleven*

«Dit boek bestaat uit korte maar krachtige hoofdstukjes met grappige en emotionele passages. Lexje wordt op niet-chronologische wijze op verschillende leeftijden geschetst. De lezer heeft middels Paleaux' debuut *Winterwater* reeds kennis met zijn jeugd kunnen maken. Dit boek is een bonus daarop maar kan prima afzonderlijk gelezen worden. Hoewel de auteur een ware woordenkunstenaar is, heeft het taalniveau er niet onder hoeven lijden en is goed te begrijpen. Al met al een prachtig kunstwerk.» – A. Resh, *NBD/Biblion*

«Uit al deze beschrijvingen blijkt dat hij een prima observator is. Maar hij doet meer dan observeren. Het lijkt wel of hij telkens wanneer hem iets intrigeert in de achteruitkijkspiegel ook iets interessants ziet. Dat is niet wat er achter hem gebeurt, maar weerspiegelt zijn verleden in Friesland als jonge Lex.» – Kees de Kievid, *Boekenbijlage*

«Het leven is niet alleen een circus, het is ook een cirkel. De cirkel van het leven. Meer dan zeventig 'levenslessen' bevat dit boek, je kunt ze ter harte nemen, maar je kan er ook simpelweg van genieten, want stilistisch gezien zijn de stukjes prachtig. Soms ontlokt hij je een glimlach, soms word je tot ontroering toe geraakt. Het is niet vreemd als je boos wordt, maar net zo vaak heb je de neiging om het kind aan te moedigen: 'goed zo jochie'.» – Marjo van Turnhout, *Leestafel*

Lex Paleaux

Vlo, *roman*, 2022

ISBN 978-94-93214-35-4

"Het begon met *Winterwater* waarin we kennismaakten met Lexje. *Vlo* sluit dit drieluik prachtig af. Als je dit boek gelezen hebt, kan je eigenlijk naadloos weer terug naar *Winterwater*. Want al die boeken samen vormen een mooie cirkel. * * * * *" – Remco Houtepen op *NH Radio*

«Een klein verhaal met een groots effect! We maken we kennis met een Ik-persoon die in een ondersteboven te water geraakte auto zijn laatste levensminuten beleeft. Het einde is dusdanig schokkend dat ik de hoofdpersoon en de schrijver graag had willen slaan!» – Suzanna Esther op *LeesKost*

«Het verhaal gaat over een dag in het leven van een wat sukkelige man die nog bij zijn moeder woont. Het einde is een donderslag. Hoewel de roman niet echt een thriller is, blijkt hij moeilijk weg te leggen. Ik las dit boek in één ruk uit.» – Elly Stroo Cloeck op *Bookcrossing*

«Zoiets hebben andere Haarlemse literaire kanonnen de afgelopen decennia niet gepresteerd: Thomése niet, Wiener niet en zelfs bij leven en welzijn Ferron niet. Een 'Haarlemse held'. Een fenomeen. In *Vlo* is de hoofdpersoon een schrijnend realistische schlemiel en het boek is doorspekt met al even herkenbare kantoorhumor. Het lokkende decolleté van een collega en de toiletgroep van het bedrijf spelen een hoofdrol.» – Peter Bruyn in *Haarlems Dagblad*

«Een verhaal over één dag en over één man, met humor en gevoel voor taal geschreven. *Vlo* zal een brede lezersgroep aanspreken.» – *NBD / Biblion*